W0470347

für Pit und Hannah

Schriften der Wilhelm-Fraenger-Stiftung

Fritz Graßhoff

Bellman auf Deutsch

Fredmans Episteln

Verlag für Berlin-Brandenburg

Die Deutsche Bibliothek – CIP-Einheitsaufnahme

Grasshoff, Fritz:
Bellman auf Deutsch : Fredmans Episteln ; [aus dem Schwedischen des XVIII. Jahrhunderts singbar ins Deutsche gerückt nebst dem Lebenslauf des Dichters Carl Michael Bellman, den Zeitumständen, einer Auslegung des Werkes und Vignetten] / Fritz Grasshoff. – 1. Aufl. – Potsdam : Verl. für Berlin-Brandenburg, 1995
(Schriften der Wilhelm-Fraenger-Stiftung)
ISBN 3-930850-10-9

1. Auflage
© 1995 Verlag für Berlin-Brandenburg GmbH, Potsdam. Printed in Germany. Alle Rechte, auch die des Nachdrucks von Auszügen, der photomechanischen Wiedergabe und der Übersetzung vorbehalten.

FREDMANS EPISTELN

aus dem Schwedischen des XVIII. Jahrhunderts
singbar ins Deutsche gerückt
nebst dem
Lebenslauf des Dichters

CARL MICHAEL BELLMAN

den Zeitumständen
einer Auslegung des Werkes
und Vignetten
von
Fritz Graßhoff

Statt eines Vorwortes: aus einem Gespräch des Herausgebers mit Fritz Graßhoff

Nach fast 100 Jahren erscheint die erste neue und vollständige, von eines einzigen Dichters Hand geschriebene Übertragung des Bellmanschen Epistolars ins Deutsche. Die 1994 bei Reclam erschienenen Gesamtepisteln sind eine Zusammenstellung zahlreicher Übertragungen mehr oder weniger glücklicher Dichterhände, die einen gewissen dokumentarischen, kaum aber großen literarischen Wert haben. Wo sie ihn haben, stammen sie auch von Fritz Graßhoff. Der hatte nämlich 1966 bei Kiepenheuer und Witsch unter dem Titel „Durch alle Himmel alle Gossen“ ein Bündel Bellmanscher Episteln und Songs ins Deutsche gebracht. Eine Arbeit, die damals kaum Beachtung fand. Woran lag das? Der „alte Witsch“ mochte den Graßhoff doch sehr. „Es waren da auch Eigenkräfte am Werk, wie das in unserer Branche so üblich ist.”

Für die Literaturbranche gilt, was für die gesamte Branche „Mensch“ gilt und was Brecht auf den Nenner gebracht hat: Ein Gedicht ist des anderen Gedichtes Feind. „10 Jahre später – also etwa 1976 – war meine Epistel-Gesamtübertragung fertig und lag seitdem in der Schublade. Bellman versprach offenbar kein Geschäft. Seine Stunde war wohl noch nicht gekommen, respektive unsere Stunde...”

Bevor dem Graßhoff die Bellman-Stunde und dem Bellman die Graßhoff-Stunde schlug, wurde Fritz Graßhoff erst einmal geboren: im Dezember 1913 in Quedlinburg. Es ist dem Kulturbewußtsein dieser Stadt gewärtig, daß ihr mittelalterliches Zentrum zu den schützenswerten Gütern der Menschheit gehört, daß sie Klopstock-, Blumen- und historische Bettelmusikantenstadt ist, aber es wird ihr entfallen sein, daß Fritz Graßhoff, bekannt durch seine Halunkenpostillen, den „Seeräuberreport”, den Roman „Der blaue Heinrich“ und viele

Songs – u.a. gesungen von Schobert und Black, Hanne Wieder, Hannelore Schroth, Ingrid van Bergen, Hannes Messemer, Günter Pfitzmann, Gustav Knuth und Reinhard Mey – daß dieser Graßhoff Schüler des Quedlinburger Melanchthon-Gymnasiums war. Auf dieser Schule geriet der Sohn des Kohlenhändlers Graßhoff zunächst ins Latein, später ins Griechische und bewahrte sich seine kenntnisreiche Liebe zu beiden Sprachen bis heute. Wie geriet er an den großen schwedischen Dichter Carl Michael Bellman? „Durch eine kleine literarische Pforte sozusagen: Klabunds Literaturgeschichte. Schon als Primaner geriet ich an Bellman." An eine Übertragung des großen Schweden ins Deutsche dachte er damals sicher noch nicht. Vielleicht träumte er davon. „Aber erst mußte ich das Leben kennen lernen: die Schule, die Pauker, den Kommiß und seine Knechte, den Krieg erleiden – und schließlich Schwedisch lernen." Die Vorfahren Graßhoffs kommen aus der Altmark, andere aus England und Schweden, und wieder andere kommen aus Polen, Litauen, Ost- und Westpreußen. Vater Graßhoff hatte es schon früh zum Kapitän gebracht, „und als er eine große Erbschaft antrat, wußte er nicht, was er mit dem vielen Geld anfangen sollte und kaufte sich putzigerweise eine Kohlenhandlung." Später machte Vater Graßhoff putzigerweise auch irgendwie Pleite. Daß Bellman einer der Lieblingsdichter von Sohn Fritz wurde, läßt das auf verwandte Wesenzüge schließen, vorhandene wie durch Umstände geschaffene? „über sich selbst weiß der Mensch zwar am wenigsten. Aber wenn ich mich auslote, stoße ich schon auf diese und jene Ähnlichkeit: Da wäre vor allem die Nichtanpassungsfähigkeit, die – wie Henry Miller meint – den Künstler ausmacht, zu nennen; dann die Umwelt, das Ambiente. Mein Södermalm, das war meine Kindheitsstraße in Quedlinburg mit ihrem Bumslokal, ihrem heißen Tanzboden, den armen Leuten, schrägen Vögeln, Säufern, Schlägern, Dieben und harmlosen Lebensverbrauchern. Schließlich auch familiäre Verhältnisse: Notzeiten, Pleiten, Demütigungen, Verhinderungen..."

Fritz Graßhoff war vom 1. bis zum letzten Tag Soldat. Deshalb ist er kein Studierter. Dennoch hat Eva Demski ihn in einer FAZ-Reportage als poeta doctus bezeichnet. Graßhoff hat nämlich in seiner klassischen Halunkenpostille solche Poeten aus dem Griechischen und Lateinischen übersetzt, die in der Schule gemieden wurden und werden, weil sie als anrüchig und zu bissig gelten, weil ihr Humor als ätzend empfunden wird. „Ich habe eine Menge solcher alter Geistesbrüder aufgegabelt. Und es gibt Griechisch- und Lateinlehrer, die meine Texte parallel zu den Originalen lesen lassen.“ Fritz Graßhoff ist aber nicht nur ein nichtakademischer poeta doctus, sondern auch ein Schlagertexter. Sein bekanntester Schlager ist „Nimm mich mit Kapitän auf die Reise”. Graßhoffs lakonischer Kommentar: „Die Künste haben mich nicht ernährt.“ Sie haben weder ihn noch Frau und Sohn ernährt, aber dergleichen Erklärungen haben in den Augen derer, denen das Wohnen im literarischen Elfenbeinturm vergönnt ist, keinen Bestand. Und ist nicht Graßhoff – wie Bellman – dem „Bacchus“ und der „Venus“ hübsch zugeneigt? „Gewiß nicht abgeneigt. Allerdings – wie ich über mich informiert bin –: kein Säufer und kein Hedonist. Bellman war beides, machte auch kein Hehl daraus, und er war deshalb vielen seiner hochgestellten Zeitgenossen – Dichtern vor allem – höchst suspekt. Auch ich war und bin es, aber vor allem meiner Sprache wegen.“ In der Sprache des Fritz Graßhoff wimmelt es von teils recht seltsamen Wörtern. Sie entstammen meist dem Quedlinburger Platt, das zwischen Börde und Thüringen, Sachsen und Niedersachsen, vermischt mit polnischen Brocken, Französisch, Rotwelsch und Jiddisch, gesprochen wird. „Die Sprache liegt mir – neben der Bildnerei – buchstäblich am Herzen. Und die seltsamen Wörter in meiner Schreibsprache entstammen zum größten Teil meiner Straße (Augustinern), wurden im Kommiß aufgestockt; weiterhin auf Reisen, durch Begegnungen und durch literarische Zwänge.“ Warum tut Graßhoff dem Hochdeutschen das an? „Um der Sprache Sprudel und

Pep zu geben, sie vor der Verödung, der Inzucht zu bewahren. Zum Üblichen muß Fremdes gefügt werden. Es ist wie bei den Kaninchen, dem Vieh, den Menschen. Es ist auch gar nichts Neues: Schon die frühen Griechen mischten gern phrygische, lydische, kretische Brocken in ihre Dichtungen.“ Aber der Gossenton, igitt! „Auch der muß sein: die verbalen Erfindungen der sogenannten unteren Schichten. Die Sprachen verjüngen sich nicht von oben, von den Bildungsinstitutionen her. Die verbalen Innovationen kommen allemal aus der Hefe. Darum auch ist Bellman so gegenwärtig. Hunderttausende gehören in Schweden zu seiner Gemeinde.“ So groß ist die Gemeinde des Fritz Graßhoff nicht, aber sie ist auch nicht so klein, daß sie nicht gelassen das gewaltige Amphitheater in Epidaurus füllen könnte. Die Kenner und Liebhaber seiner Zeichnungen und Ölbilder gar nicht einmal mitgezählt. An die 400 Vignetten laufen – wie die Bilder eines Films- neben dem Text her. Warum noch Bilder zu solch bildhaften Versen? „Erstens, weil ich zeichnen kann und auch diese Fähigkeit einsetzen möchte und zweitens zur Bereicherung. Warum nicht Fülle, wenn sie möglich ist? Schon äußerlich: Wie öde bieten sich dem Auge die seitenlangen Verssäulen – ermüdend. Bilder stoßen unmittelbar an.”

Als Fritz Graßhoff vier Jahre alt war, wurde er gefragt, was er denn einmal werden wolle, und er hatte geantwortet: „Mensch- und Tiermaler.“ Der Wunsch zu malen war also früher da als der Wunsch zu schreiben. „Vielleicht hat sich ein Ahn in mir zu Wort gemeldet. Lange vor mir gab es schon einen Maler Graßhoff: Friedrich Otto, ein Schinkelschüler, der mit Humboldt nach Südamerika ging. In Sao Paulo, im dortigen Kunstmuseum, sind seine Werke zu besichtigen.“ Der Dichter und Maler Fritz Graßhoff – „ich ziehe sozusagen zwei Karren“ – hat den Dichter und Komponisten Carl Michael Bellman singbar ins Deutsche gerückt, ohne die Noten mitzuliefern. Es geht ihm nämlich vordringlich um Sprachimaginationen, denen bisheriges Deutsch nur selten gerecht werden konnte. Wer Bellman singen will, kann sich die Noten leicht beschaffen, und er wird feststellen: Die Musik Bellmans ist populär und erschließt sich von selbst. Bellmans Dichtung bedurfte eines Graßhoff.

Postscriptum: Daß Fritz Graßhoff im Jahre 1993 verstorben ist – wie im Mai 1995 die Dithmarsche Landeszeitung berichtete – konnte ich nicht feststellen. Er lebt seit 1983 in Kanada, am Ufer des Ottawa-River, und versucht, von seinem Vaterlande auszuruhen.

Hudson/Quebec, im Sommer 1995. Pit Klein

Carl Michael Bellman

Leben / Zeit / Werk

Von Carl Michael Bellman (1740-95), d e m Dichter der Schweden, nie gehört zu haben, ist in Deutschland keine Bildungslücke, denn es ist den Deutschen (und nicht nur denen) so gut wie nie, und wenn, nur spärlich gesagt worden, daß es ihn gibt. Was indessen in Umlauf kam, war das Gerücht von einem sauffrohen Gossensänger, einem nordischen Surrogat Villonscher Prägung.

Es erhebt sich mit Recht die Frage: Wie ist es möglich, daß ein Dichter, der von allen Skandinaviern als Größe erster Ordnung anerkannt ist, dessen Epistolar als „das teuerste und heiligste Werk der schwedischen Poesie" (Oskar Levertin, 1862–1906) bezeichnet wurde, über den Kolonnen von Literaturwissenschaftlern ganze Bibliotheken zusammengeschrieben haben, der eine wissenschaftliche Gesellschaft auf den Plan gerufen hat und vor allem, der wieder und immer wieder gesungen und rezitiert wird, bei den Nachbarn im Norden lebt und einen Katzensprung südlicher so gut wie nicht existiert und wenn, wie gesagt, als Zerrbild?

Eine Ursache ist in der auf wenige begrenzten Kenntnis der schwedischen Sprache zu suchen, Folge der Randlage Schwedens und seines machtpolitischen Gewichtes. Ein französischer oder englischer Bellman wäre möglicherweise längst bei uns aufgenommen. Kommt hinzu: Bellman macht es seinem Übersetzer durch das barocke Reimschema, die vielen, von Dialogen, Zwischenrufen und „Regieanweisungen" gejagten Passagen, schwer wie kaum einer. Es wimmelt zudem in diesen dramatischen Kurzepen und Liedern nur so von Verschlüsseltem, Zwielichtigkeiten und Anspielungen.

Wohin oft auch mit den Modeantiquitäten, die in der Übersetzung leicht zu Plunder werden? Und zu allem: Die Singbarkeit muß erhalten bleiben, denn Bellman ohne Melodie ist ein

Torso, wenngleich der Dichter den Komponisten auch weit überragt.

Die Hauptursache der Unkenntnis Bellmanscher Dichtung im deutschen Sprachraum dürfte allerdings in dem gestörten Verhältnis seiner Gebildeten zum Humor (selbst dem bitteren) liegen, die diese Gattung geistiger Äußerung z. T. geringschätzen, als denkstörendes, subjektives Element oft genug bekämpft und als kulturverletzend abgelehnt haben. (Daher denn auch der kümmerliche Vorrat humorgetränkter Dichtung hierzulande, die schiefe, philisterhafte Einordnung des relativ wenigen durch seine Verwalter und die Hilflosigkeit der Verbraucher.) So nimmt es denn nicht wunder, daß die Bildungsinstitutionen mit ihrer z. T. ekklesiastischen Lustfeindlichkeit im Falle Bellman keine Veranlassung sahen, ein Objekt zu fördern, in dem es offenbar nur um „Jux und Wollust" geht, und da die Dinge gelegentlich beim Namen genannt werden, die Stoffe zudem meist der Welt des „Pöbels" entnommen sind, erhielt dieser Dichter seinen Stempel bei uns schneller, als er begriffen, geschweige denn aufgenommen worden wäre.

Einer der ersten, der ihn seinen Landsleuten schmackhaft machen wollte, war Ernst Moritz Arndt (1769-1860). Als der Professor vor Napoleon nach Schweden ausweichen mußte, lernte er das Bellman-Werk kennen und schätzen. Arndt bezeichnete den Skandinavier als „eine der außerordentlichsten Erscheinungen, die je gelebt haben". Doch sein Panegyrikos blieb ohne sonderliche Wirkung. Vielleicht war er der falsche Mann. Arndt sah in ihm den naiv-tiefsinnigen Volkssänger. Gerade das aber war Bellman nicht.

Die ersten Bellman-Übertragungen, die des neunzehnten Jahrhunderts (A. v. Winterfeld, 1856 und P. J. Willatzen 1892), auch F. Niedners (1909) und H. v. Gumppenbergs Eindeutschungen (beachtliche Fleißarbeiten mit sporadischem Dichterglück), vermochten es nicht, den großen Schweden bei uns durchzusetzen. Klabund stieß beim Sondieren in „Fremden Gärten" auf Bellmans „Nota Bene" und rückte es mit einem genialen Streich ins Deutsche (ohne allerdings auf die Musik zu achten; es ist nicht singbar nach der Originalmelodie). Rilke widmet Bellman eine Ode, in der er diesen Geistesbruder in Eros und Thanatos durchleuchtet und sich ihm an die Seite stellt. Carl Zuckmayer übertrug eine Handvoll Bellman-Verse absolut eigenwillig (1934/51) und richtete sie, vermengt mit viel Eigenem, zu Gesangseinlagen seines Bühnenstückes „Ulla Winblad“ ein. Diese und einige neu hinzugekommene Übersetzer (Dichter und Sänger), allen voran Peter Hacks und sein Team, sicherten den Bestand einer kleinen Bellman-Gemeinde in Deutschland.

Dazu noch am Rande: Ich (Autor Graßhoff) habe mir meine Rohübersetzung selbst gemacht – nicht aus Eigensinn –, es fand sich einfach keine hilfreiche Hand. Um in Bellmans Muttersprache einzutauchen und die Atmosphäre aufzunehmen, zog ich (1956) mit der Familie nach Schweden (Småland), wo wir fünf Jahre in einem abseitigen Nest hausten, das noch Spuren der Vergangenheit bewahrt hatte. Auch ein Aufenthalt in Stockholm an den Bellman-Stätten und im Stadtmuseum, wo ich durch den damaligen Direktor, Herrn Dr. Olof Byström, wichtige Hinweise erhielt, erwies sich als fruchtbar. Die Arbeit an der Epistolar-Übertragung erstreckte sich (mit Unterbrechungen) über fünfundzwanzig Jahre (auf der Grundlage der Afzelius-Ausgabe der Bellman-Gesellschaft).

Daß Bellman nicht übersetzbar ist, hat sich inzwischen herumgesprochen. Nur eine freie Übertragung kann seiner Kunst, seinem Reiz und seiner Hintergründigkeit das Tor zu einem anderen Sprachraum öffnen. Wie sehr das Produkt noch Bellmanisch verbleibt, ist eine Frage der Sensibilität des Nachdichters. Ich jedenfalls vermeide bewußt die starre Wörtlichkeit. Um nicht durch Reim- und Melodienzwang in die Enge getrieben zu werden, mache ich zugunsten des Sinns und Hintersinns von der Freiheit des Übersetzers Gebrauch, Bilder, Metaphern, Gleichnisse u. dgl. auszutauschen. Auch wird Vergilbtes aufgefrischt, hier und da ein Schnörkel abgebrochen,

Zopfiges umfrisiert, d. h. zeitlich nach vorn gezogen und nicht noch deutscher auf schwedischen Staub gestreut.

Politischer Hintergrund

Die Zeitspanne zwischen dem XII. Karl (1682-1718) und Gustav III. (1720-1772), innerhalb des geistigen Raumes der Aufklärung, der spirituelle Nährboden unseres Dichters, wird von den schwedischen Geschichtsschreibern die „Freiheitszeit“ genannt. Bellman erwischte noch eben den letzten Zipfel dieser turbulenten parlamentarischen Jahre, in denen der Adel in einem dem englischen ähnlichen Zweiparteiensystem (Mützen und Hüte) nach Beseitigung des Absolutismus ohne und gegen den König regierte und „trotz aller Stümperei und Schlamperei den Grundstein zu einer späteren schwedischen Verfassung legte.“

Unter Karl XII. war das Reich zusammengeschrumpft und endlich zum Spielball der Großmächte geworden, die ihm gern ein polnisches Schicksal beschert hätten. Immerhin: Trotz unglücklicher Kriege und dem Verlust eines Teiles Finnlands, brachte diese reformfreudige Ära dem Lande einen gewissen wirtschaftlichen und kulturellen Aufschwung. Das Bürgertum gewann unter der merkantilistischen Wirtschaftsführung der „Hüte“, die sich an Frankreich und dessen Subsidienschatulle hielten, an Geltung und Vermögen. Alle Rechnungen aber bezahlte (wie immer) das untere Fußvolk, das von den Schröpfköpfen des Staates nicht im mindesten befreit war.

Das Maximum der Freiheit bestand für den Kleinen Mann noch immer darin, sich zu vermehren und an billigem Fusel ungehindert totsaufen zu können. Davon machte das Heer der schwedischen Rokoko-Arbeitslosen denn auch ausgiebigen Gebrauch. (Jeder Fünfzehnte war berufsmäßig Schnapsbrenner!) Aber auch die Begüterten ließen es sich nicht nehmen – allerdings mittels besserer Destillate – fröhlich hinüberzufeiern. Es wird von Schloßfesten berichtet, bei denen nicht selten bis zu fünfzig Branntweinleichen abgekarrt wurden, die nimmermehr erwachten.

Der junge Bellman/Herkommen/Umwelt

In Södermalm, der südlichen Vorstadt Stockholms, einem Mischmasch aus Krähwinkel, Slum und Herrensitzen, wo in der Mehrzahl Kleinbürger wohnten, Manufaktur- und Gelegenheitsarbeiter, Handwerker und Seemannswitwen, wo jedes dritte Haus eine Pinte war, wo der Totengräber einen ebenso harten Tag hatte wie die Hebamme, wurde Carl Michael am 4. Februar 1740 als Sohn eines höheren Hofbeamten und einer Pastorentochter geboren. Vom Vater ist zu melden, daß er ein sogenanntes rechtschaffenes Dasein führte, Verkehr mit den geistigen Kapazitäten der Hauptstadt pflegte, von schwacher Gesundheit war und die Gattin in fortwährender Schwangerschaft hielt – bis 1760 bekam C. M. vierzehn Geschwister –, was nicht zuletzt den wirtschaftlichen Ruin der Familie beschleunigte. Die Mutter, eine ebenso gütige wie charmante Frau, hätschelte ihren Ältesten durch die Kinderjahre, und beide Erzeuger gaben sich alle Mühe, aus dem Sohn einen frommen Untertan und soliden Staatsbürger zu machen. Es ist nicht ihre Schuld, daß er „mißriet.“ Dieses Kind brachte offenbar aus der Ahnentiefe ein Zeug mit, das wenig dazu taugte. Sie erlebten den bürgerlichen Abstieg des Sohnes nicht mehr.

Mit begreiflicher Elternfreude sahen sie den außerordentlich Begabten heranwachsen, ihn spielend eine Reihe Sprachen lernen, das Reimen, Versemachen, Lauteschlagen, Martin Carsten Bellmans italienisches Instrument, die Cister des

Urgroßvaters, eines Schneiders, der als weitgetippelter Handwerksbursche aus dem Bremisch-Verdischen, damals schwedischem Besitz, nach Stockholm gekommen und (wie Goethes Ahn in Frankfurt) dort ein gesuchter Couturier geworden war.

Mon dieu! Was er nicht alles liest, der Carl Michael, an deutscher, französischer, italienischer, lateinischer, griechischer Literatur, auch an theologischen Schriften! Und wie er die Bibel wälzt! Eben sechzehn, übersetzt er schon des Herrn von Schweidnitz‘ „Evangelische Todesgedanken“ ins Schwedische (um nur dieses Frühwerk zu nennen). In Gjörwells Zeitung sogar steht etwas von ihm gedruckt! Es ist offensichtlich: Hier schlagen des Großvaters, des Uppsala-Professors Talente durch. Latein, Musik, Poesie waren dessen Fächer gewesen.

Mit achtzehn zog er nach Uppsala, zur Universität, brach aber schon nach einem Jahr die Studien ab und trat als Extraordinarius eine Stellung an der Reichsbank an. Das hatte in erster Linie eine wirtschaftliche Ursache: Die Familie war insolvent geworden. Die Sechzigerjahre waren Schreckensjahre, nicht nur für die Bellmans. Das Geld entwertete unter der Hand. Zu allem Unglück erkrankte der Vater, mußte den Abschied nehmen, schließlich Haus und Hof darangeben und mit der Familie aufs Land flüchten. Der Konkurs war unaufhaltsam.

Während dieser häuslichen Misere – fünf Jahre, bis zum Tode der Eltern – drückte er den Bankschemel, lahm und lustlos, dem Feierabend entgegenfiebernd, dem Rummel, dem Betrieb der großen Stadt. (Seht! das war „das Unsolide“ in dem Menschen Bellman, eine der Zutaten, aus denen solche Dichter gebacken werden.) Samstag – endlich, endlich! Man wirft die Tür ins Schloß, nimmt sich eine Droschke, holt die Damen ab, in jedem Arm dann eine wilde, stadtbekannte Hummel, durch die Tiergartenstadt gerasselt – die Philister sperren Mund und Nase auf – und hinaus! zu einem der verrufenen Krüge, wo sie schon warten, die Kumpane, mit gebratenen Enten und dicker Milch. Da quietscht die Geige, jubelt das Waldhorn, da gibt es Tanz und Besäufnis, „und Montag ist eine ferne Küste …“, und Mädchen gibt es, süße Spatzen, wie sie schon Meister Horaz den Genießenden empfahl.

Leben will er! „Leben will ich wie in Eden,/bin ich nun schon einmal hier,/gibt's kein Paradies in Schweden,/mache ich es mir!“ Ist er nicht ein toller Kerl? Gewiß, es gibt noch etliche hier, dichtende, aber doch nicht ganz so tolle (und die bleiben dann auch auf der Strecke). Noch kotzt man nur gelegentlich und stirbt ein bißchen – am Busen einer „Nymphe“, versteht sich. Die Bitternis, die Dunkelheiten kommen später.

So, in Taumel, Rausch und Empfinden, füllte sich unser Springinsfeld vorsorglich die Lampe seiner heiteren Illuminationen, legte er an den Thesauros seiner beträchtlichen Scherze und Pikanterien.

Und dann die Ruderfahrten auf dem See. (Denkt an Klopstock (1724-1803), wie auch der auf dem Zürcher Mäulchen verteilend dahinschaukelte! So sind die jungen Herren Dichter!)

Sein Jugendfreund C. Bonde berichtet, wie sie ihn unter die Bootsknechte bugsierten, einen Scheinstreit mit denen zu beginnen, und wie sie sich kringelten, wenn er im Idiom der Schiffer loslegte. Er konnte alle Geräusche imitieren, das Ächzen der Kirchenbänke, das Knätern eines Bettes, eines Sattels, die Stimmen der Tiere, der Natur, alle Instrumente, vermochte in Minutenschnelle ein nie zuvor gehörtes Lied vom Stapel zu lassen. Er konnte Entzücken verbreiten und Schulden machen, bedenkenlos wie all die jungen Kavaliere, Bürgersöhne, Sekretäre, Barone und Offiziere, pumpen in den Kneipen, den Knippen, beim Händler, beim Schneider – bis das Maß voll war und die Perücke qualmte …

Und eines Nachts – hol's der *fan*! – aus den Federn und getürmt! Husch – über die Grenze! Die Gläubiger fackeln nicht. Im norwegischen Frederikshald ist man in Sicherheit – aber man langweilt sich tot! Also: um Gnade gewinselt bei Seiner Majestät, dem unfähigsten König des Jahrhunderts (Adolf Friedrich, einem Holsteiner). Und heimkehren dürfen, ohne verknastet zu werden – im Gegenteil: Die Stühlchen sind schon bereitet, durch Freunde, Gönner. In einem Manufakturkontor kann man unterkriechen, in der Generalzolldirektion ist noch ein Pult frei. An eine „Laufbahn" allerdings ist nicht mehr zu denken. Man hat versagt auf der bürgerlichen Hahnenstiege und verzichtet auf weitere Klimmzüge an der Reckstange der Konvenienz. Man hat sein Auskommen. Am Tage, nun, da wetzt man die Feder – aber in der Nacht! Wieder geht es über Tisch und Bänke in Kneipen, Sälen, Großbürgerhäusern. Man wird eingeladen, herumgereicht; da ist man Showmaster und Truppe zugleich, da macht man Stockholm lachen, daß die Glockentürme wackeln und der Mälar höher schwappt.

Was der junge Bellman seinem Publikum vorsetzte, ist am ehesten dem Repertoir des musikalischen Alleinunterhalters, dem eines literarisch-kabarettistischen Einmann-Theaters vergleichbar, Aufzügen, in denen bereits der Keim der modernen Show, des Musicals schlummerte, und wenn man will, auch der des heutigen Happenings. Am Anfang seines Produktionskalenders stehen Trink-, Tanz-, Gesellschaftslieder, Parodien, vornehmlich auf das damalige Ordenswesen, vor allem aber Bibeltravestien, wie sie in Frankreich Mode waren und von denen das Lied vom trinkfesten alten Noah zu den bekanntesten zählt. Kein schwedisches Schulkind, das es nicht hersingen könnte: KÄPTN NOAH, KÄPTN NOAH/war'n solider Mann/Sintflut war verronnen,/NOAH, hübsch besonnen,/ pflanzte Reben, nichts wie Reben/pflanzte NOAH an ...

Stockholm lebte zu Bellmans Tagen in einem wahren Gründungsrausch von Logen und Klubs aller nur denkbaren Gemeininteressen. Der Diplomat und Dichter Gabriel Oxenstierna vermerkt in seinem Tagebuch unter dem 4. Dezember 1769, er habe anläßlich der Gründungsfeier eines „Ordens zum Ruhme Bacchi" (der im Grunde nur aus einer Person bestand, der des Dichter-Sängers) gelacht wie nie im Leben zuvor. Bellman improvisierte, mystifizierte, schlug zu Rittern, hielt eine verrückte Leichenrede und beerdigte schließlich mimisch-musikalisch den Branntweinbrenner und Ordensritter

Lundholm nach einer damals allgemein bekannten Melodie (aus dem Pastorale „Anette et Lublin“): Die Glocke winselt monoton./Sie tönt für einen Bacchussohn,/für RITTER LUNDHOLM, stadtbekannt./Noch hangen die Blicke/an Galaperücke/und Ordensband …

Die ihn sahen und hörten, waren hingerissen, ausnahmslos. Bellman wußte, umgekehrt proportional zum Messiasdichter Klopstock, in einen dionysischen Rausch zu versetzen. Kein Wunder, daß der Thronfolger ihn ins Auge faßte –: Dieser Erfolgsmann konnte auch dem Hof nur nützen – zumal der junge Royalist und Verehrer des progressiven Prinzen seine Überzeugung längst in Vivat- und Skål-Liedern dargetan und sich damit als nicht zu unterschätzender Propagandist des künftigen Monarchen erwiesen hatte.

(Vielleicht hatte der arme Hund auch ein bißchen mit der Wurst nach der Speckseite geworfen. Begreiflich wär‘s.)

Der Schwedische Anakreon

Welche Beweggründe auch immer mitgespielt haben mögen –: Durch den Jugendfreund Elis Schröderheim, Günstling des jungen Königs und Reichsinnenminister (sowie dessen Gattin, Anna Charlotta, um die er zugleich mit dem Bevorzugten geworben hatte), öffnete sich Bellman die Schranke zur Hofburg, die Majestät neigte sich mehr als huldvoll dem Bohemien und bekränzte ihn mit nordisch-griechischem Dichterlorbeer. Als Gustav mit dem Staatsstreich von 1772 und der Herstellung der absoluten königlichen Gewalt fest im Sattel saß, beförderte er auch sogleich seinen Hofdichter zum festbesoldeten Proforma-Beamten (Hofsekretär der Staatlichen Nummernlotterie).

Ob die nun folgende Phase der wirtschaftlichen Sicherstellung auch Bellmans glücklichste gewesen ist? – Der Dichter schweigt sich aus. Erwiesen ist nur, daß sein künstlerisches Potential zunahm, obwohl er mit den Aufträgen des jungen Königs, für den Hof Hirtenstücke und Divertissements zu verfassen, im Grunde nur seine Muse strapazierte. Aber der Souverän war der Ansicht, ein rechter Dichter müsse auch Stücke schreiben (wie er es tat). Außerdem war er verpflichtet, jederzeit als Stimmungskanone, etwa auf den Zusammenkünften der Ständischen Bauernversammlung, wo ihn Freund Schröderheim wirkungsvoll einzusetzen pflegte, zur Verfügung zu stehen, hatte Feste und Feierlichkeiten zu arrangieren und last not least dem König auf dessen Lieblingssitz Haga (besonders nach politischen und kriegerischen Fehlschlägen) „die Grillen zu vertreiben."

Daß der geniale Kunstzigeuner und halbproletarische Liedermacher diesen diffizilen Zeremonienmeister der Macht nicht nur ertrug, ihn vielmehr bewunderte und verehrte und der Gallomane sich dieses people-frohen Bohemiens annahm, ihn auch nicht deckelte, wie es Friedrich der II. (seiner Mutter Bruder) gern mit der geistigen Elite seines Landes tat, ist und bleibt ein erstaunliches Faktum. Ohne Frage: Gustav schätzte seinen „Schwedischen Anakreon" auch menschlich nicht gering, sonst hätte er sich nicht (für das Schloß Gripsholm) des Dichters Porträt (von Per Krafft d. Ä.) malen lassen, geschweige denn die Patenschaft für den ersten der vier Bellman-Söhne (1781) übernommen. Denn inzwischen war der Dichter schließlich und endlich nach dem Mißerfolg bei einem Fräulein Vilhelma Norman, in die er sich gelegentlich eines Besuches auf dem Landsitz eines Freundes verliebt hatte, mit Lovisa Grönlund, der Tochter eines Stempelmeisters am Stockholmer Zollamt, die Ehe eingegangen. Immerhin zeitigte die vergebliche Vilhelma-Eskalade eines seiner schönsten Lieder: „Das Fischefangen": Auf, aus den Federn! auf, AMARYLLIS!/Horch, wie es still ist, schau! wie schön./Sturm nicht und Regen./Sonne, welch Segen!/Nichts steht dagegen,/aufzustehn./AMARYLLIS, lass mich dich entführen/aus des MORPHEUS dumpfen Traumquartieren/zu NEPTUN, den Seegang zu probieren./Komm und wach auf! denn dann müssen wir gehn…

Lovisa war ihm bald danach im Schröderheimschen Hause, wo sie in Diensten stand, begegnet: jung, hübsch, durchaus nicht auf den Schnabel gefallen – im Grunde aber eine „spröde Natur", die zudem nicht recht begriff, wer da eigentlich ihr Mann geworden war. Die Ehe blieb ein Nebeneinander. Trotzdem: Bellmans Kapazität nahm zu. Die reifsten, bestürzendsten Gedichte sollten ihm noch gelingen. Aber der wilde, brausende Atem war nun vorüber.

„Fredmans Episteln" und seine Gestalten

Carl Michael Bellmans Hauptwerk „Fredmans Episteln", eine Kollektanee von 82 meist balladesken Einzelstücken, entstand im wesentlichen von 1768 bis Ende der Siebzigerjahre. 1791 erst erschien es geschlossen im Druck. Ein Jahr darauf kamen auch „Fredmans Lieder" ans Licht der Welt, noch bis heute weitgehend unbekannte Weltliteratur.

Die erste Idee, eine parodierend-travestierende Epistelfolge parallel zu den Paulusbriefen zu verfassen, wurde schon bald von dem Gedanken abgelöst, den Zyklus vom Niedergang einer Gesellschaft zu schreiben, als Bellman vom Ende einer „versoffenen Existenz" erfuhr, eines einst angesehenen Hofuhrmachers, der im Rinnstein verkommen war. Seine legendäre Gestalt beflügelte den Dichter eine Weile in dieser Richtung. Das Werk wurde aber anders als geplant. Auf Fredmans Wirklichkeit spielt nur noch eine Epistel an (O. Byström).

Erst indem sich Bellman selbst mit dem Uhrmacher „Fredman" identifizierte, den Antibürger in sich aufnahm, ihn zum Mittler zwischen sich und seiner Gemeinde machte, indem er Stockholm zu einem kyprisch-schwedischen Paphos-Eden erhob (mit höllischen Einsprengseln), wurde er zum Apostel der Lebensfreude schlechthin, zum Bekenner der Fragwürdigkeit unserer gesellschaftlichen Vergatterung, ja, unserer Existenz, und damit die tragische Zentralfigur eines scharfgestochenen Epos‘ von des Menschen Größe im Rausch und seinem Elend, wenn er daraus erwacht. (Fredmans Monolog in der Gosse!)

Der weibliche Gegenpol zu Fredman ist Ulla Winblad, „Nymphe und Priesterin in Bacchi Tempel“: ULLA, wie kamen die Gluten zusammen,/daß du die Herzen so durchlohst?/Vor dir am Gatter – wie steh ich? – In Flammen!/ ULLA, prost! Beide führen den à la Guardi illuminierten Zug der Stockholmer Vorstadt-Bacchanten durch die altmittelmeerisch verfremdete Residenz, assistiert von zwei weiteren Hauptfiguren, dem künstlerisch vielseitig begabten, schwindsüchtigen Exkonstabler Movitz und dem verkrachten Unternehmer, dem Militaristen Mollberg, deren ersterer den intellektuell-elegischen, der andere den chevaleresk-heiteren Part zu tragen hat. (Der fortschrittlich-erfinderische Stadtbewohner wird konfrontiert mit dem junkerisch-konservativen Typ.) Zu diesem Viergestirn gesellen sich als Kerntrupp noch etliche exakt gezeichnete Trabanten: Gerichtsdiener, Kommissionäre, Winkeladvokaten, Zöllner, Musikanten, Wirte, Wirtinnen, die ihrerseits wieder ihr Gefolge haben. Den ganzen Schwarm umbrodelt ein Heer von Schiffern, Tritonen, Krakeelern, Käuzen, Basilisken, Soldaten, Strich- und Schankmädchen, Amoretten und Chariten. Mit Glocken, Pauken, Violen und Klarinetten, zum Klang des Waldhorns, zum Wettern des Himmels und der Obrigkeit, jagt Bellman-Fredman die Bagage durch Kneipen, Puffs, Sterbehäuser und Wochenstuben, enthebt er die Bande (wenn es ihm gefällt) ihres banalen Alltagsmilieus, donnert er seine Lieblinge auf zu schier mythologischen Gestalten: Sonne versinkt schon rot hinterm Bühle./MOVITZ, Bruder, aufgewacht!/Siehst du die Droschken? Staub und Gewühle,/wo der Weg die Kurve macht./ Schwärme schöner Frauen nahen, alle –/euch zu Gefalle –/

Gräfin und Schnalle. / Mitten im Schwalle / strahlt hold / VENUS, dein Soldatensold.

Doch je mehr sich der Epistelabend neigt, um so stärker dämpft er das hektische Gewühl, eröffnet er seiner Gemeinde den Zauber einer Ossianisch-Rousseauschen Naturstimmung: Lieblich wie auf Idyllen, / im Grunde der Wiese: Ross und Füllen. / Bald hört den Stier man brüllen, bald einen Hund im Dorf wauwaun, / Gockel stelzt auf den Stiegen, / und alle Hühner möchten fliegen. / Meisen ihr Köpfchen wiegen, / und eine Elster schwätzt im Zaun. / Stern aller Fraun! / Den Kessel komm nun füllen / und Kaffee braun. / Lieblich wie auf Idyllen / ist diese Szene anzuschaun.

Er führt in die summende Stille der Königlichen Schloßgärten, die Efeukühle herbstlicher Friedhöfe: Totengeläute wallt dumpf bald, bald hell … / Kantor tritt bleich aus der Pforte. / Knabengesang, eine Spur nur zu grell … / Ernste Bibelworte … / Welke Rosen streift ein schwarzer Talar. / Stumm zur Grube wankt die fröstelnde Schar, / Bahre dabei und zwei Latten. / Tränen zuweilen dort, spricht der Vikar, / tropfen auf die Krawatten.

Dem volkhaft-burlesken Kraftstil des „tobenden Bellman“ folgt – frühere Experimente deuten schon darauf hin – ein geklärterer, aber nicht minder blutvoller Spätstil, deutlich abspiegelnd das Einmünden des schwedischen Rokokos in den Gustavianischen Klassizismus.

Die Bellman-Forschung hat die Mehrzahl der Epistelfiguren identifiziert. Der Meister hat sie sich nicht aus den Fingern gesogen. Andererseits war er auch nicht ihr Lumpazibruder und Zechgenosse, wie zeitweilig angenommen wurde. Sie waren seine Modelle, die er sich je nach Gebrauch ausstaffierte, mit Kindheitserinnerungen anreicherte oder weitgehend umschminkte und erst mit Bellman auflud, ehe er sie in die Spannungsfelder seiner Episteln entließ, wo sie weiterwirken, solange schwedisch gesprochen wird.

Movitz, so weiß man, war der Sohn eines Kneipwirtes, Perückenmacher von Beruf und Unteroffizier der Artillerie.

Früh zum Invaliden geworden und verabschiedet, versuchte er sich als Musikant, verdiente er sich als Schirmmacher ein paar Kronen zu seiner winzigen Pension hinzu. Er wurde achtundfünfzig Jahre alt und hinterließ laut Nachlaßverzeichnis außer einigen Kleidungsstücken eine Baßgeige im Wert von sechzehn Schillingen.

Der historische Mollberg, ein ehedem wohlhabender Fabrikant, hatte infolge des Elends der Fünfzigerjahre sein Vermögen eingebüßt und schlug sich als Helfer auf Hochzeiten, Taufen und Begräbnissen, gelegentlich auch als berittener Bote kümmerlich durchs Leben. Der Rittmeister Mollberg starb mit achtunddreißig Jahren an der Schwindsucht.

Ulla Winblad, der Stern der Epistelgemeinde, Venus Vulgivaga des Schwarmes, Bellmans Galatea aus der Gosse, der Magna Mater ledige Tochter auf Stöckelschuhen, ist zum Inbegriff des schwedischen Rokoko-Liebchens geworden.

Fragte sich der Barockmensch allen Ernstes, ob Weiber überhaupt Menschen seien (Logau), huldigte er der Frau als Göttin auf der einen Seite und verbrannte er sie auf der anderen als Hexe, so stellte das hedonistische Rokoko sie als pikante ästhetische Nudität auf das Piedestal seiner Genuß- und Verstandeskultur. Ulla ist eine der blutvollsten Erscheinungen in der Galerie der galanten Frauenzimmer des achtzehnten Jahrhunderts: Sehet sich ULLA rühren,/beginnt das große Schnabulieren./Keine kann so servieren/Olive und gekochtes Ei./Seht sie den Löffel schwingen!/uns Rahm und Mandeltorte bringen;/sehet vor allen Dingen –: Ihr Busen hüpft so schön dabei … Anläßlich eines „rührenden Ereignisses“ singt Fredman-Bellman von ihr: Bald liegt der Preis der Nächte,/wildvergnügter Bettgefechte,/ULLA im Schoß./(Und nicht die Freude über einen jungen Schreihals wird laut, sondern die uralte Klage:) Schönheit, dein Los!/Tausend Tode dich beschleichen,/dir dein Rosenrot zu bleichen,/deinen Namen auszustreichen./In der Blüte, Freunde, sitzt der Wurm schon eh … In Erinnerung an eine Fehlgeburt läßt er sie seufzen:

Nichts als Kummer bringt die Liebe, denk ich nur an Pfingsten! / Doch ich spür nicht den geringsten / Widerstand in mir.

Wenn Talleyrand von der Süße des Lebens spricht, die nur kenne, wer vor 1789 gelebt habe, so meint er *in nuce* die Frauen ihres Schlages. Es gilt als sicher, daß Bellman Ende der Sechzigerjahre ein Verhältnis mit ihr gehabt hat. Sie hieß in Wirklichkeit Maria Christina Kiellström (1744-98). Ihr Vater war Troßknecht bei der Artillerie. Das attraktive junge Ding, das als Kellnerin und Fabrikarbeiterin (in einer Seidenspinnerei) schon früh für sich selbst aufkommen mußte, war als reizvolle Betriebsnudel und unverwüstliches Tanzmädchen stadtbekannt. Sie heiratete etliche Male, kam als Schankwirtin hin und wieder mit der Polizei in Kollision und brachte es in ihrer vierten Ehe zu einem kleinen Anwesen in der Südstadt. Zwar taucht ihr Name in der Akte der Prostituierten jener Jahre niemals auf, es besteht aber kein Zweifel: Die Tugend hatte sie nicht gepachtet. Bellman hat ihr hin und wieder finanziell aus der Patsche geholfen, doch war sie in späteren Jahren schlecht auf ihn zu sprechen: er habe sie durch seine Lieder in Verruf gebracht.

Technik, Form/Forschung, Widersprüche

In der Gestaltung seiner Stoffe sehen wir Bellman alle brauchbaren Muster benutzen, alte und neue, höfische und bäurische. Er schöpft alle formalen Möglichkeiten aus: die des Volksliedes, der Zeitsatire, der Theatereinlage. In den Fächern seiner poetischen Handwerkslade finden wir die Modeln von Kinder-, Kilt- und Kirchenliedern (eines Genres, das er zeitlebens pflegte), den Versbau der Antike, Schablonen der Barockmeister Lucidor (1638–74) und Runius (1679–1713) sowie Schnittmuster der Parodierkunst, bis hin zu Dalin (1708–63), Schwedens Gottsched, zur Dichterin Nordenflycht. Er profitiert sowohl bei den Poeten und Spracherneuerern Creutz und Gyllenborg wie an allem täglich auf ihn Einflutenden: der Presse, den Ballhausliedern, den Romanen (von Voltaire bis Rousseau, von Wieland bis Richardson), dem Theater, das Abschied nimmt vom Prächtig-Monumentalen. In der Komischen Oper hört er Vadès frisch importierte Poissard-Songs, den „Pariser Gossenton", den zur Kunst zu erheben, einzig ihm gelingt. Er weiß die Watteau, Boucher, Fragonard in Fleisch und Farben schwelgen, hört von England herüberbranden das Gelächter der Gay und Hogarth.

Dies alles und mehr wird umgeschmolzen, legiert mit der Masse des Eigenen in knapp zwei Dezennien zu jener unverkennbaren Bellmanschen Epodramatik im *präsens historicum,* vereinnahmt für seine sprühenden Impressionen, filmischen Reporte, schon surrealen Bilder: Horch! Musik aus allen Himmeln./Schau! wie sich Sirenen tümmeln/zur Leier des APOLL./ULLA WINBLAD, Braut der Bräute,/Glut der Nächte, Schwarm der Meute –: Von Feuer jeder Zoll!/Mon dieu! ich hör dich singen./Sehe hinter roten Ringen/FREIAS Tempel jäh zerspringen./Blau und bloß/blau und bloß/steh ich auf CHARONS Floß.

Sehet, Freunde: leicht schräg geneigt – satirisch-ironisch – die Bretter, die unsere Welt bedeuten! Auf ihnen läßt der Meister seine Puppen tanzen, rosige und bleiche, zwischen Lustwiese und Leichengondel. Bald ist er selbst dabei als Akteur, bald dahinter, darüber als Regisseur und Beleuchter, bald davor als Souffleur und Kapellmeister –: ein Rokokogenie mit der Verve der leichten Hand, voll barocker Realistik und dem dynamischen Erbe der Renaissance. Auf seiner Bühne wimmelt es von Frottagen griechischer Mythe und arkadischer Allegorie, baumeln zwischen Opernpomp und Schaubudenkargheit biblische Cartoons, entpuppt sich Drama als Moritat, Tragödie als Verkehrspanne, stürzt Zelebrität ab in Schlamm und Asche.

Die Musik, ein dem Text dienender, doch integrierender Bestandteil des Bellman-Werkes, geht parallel alle Wege des

Dichters mit. Ob er sie selbst erfindet oder einfach übernimmt aus französischem Singspiel, europäischem Liedergut oder sich zurechtbiegt bis zur Unerkennbarkeit ihres Ursprungs – querbeet von Händel bis Mozart, von Vivaldi bis Pergolesi und ahnungsvoll weiter – wie und woher auch immer –: Der Guß gelingt ihm allemal; beide Elemente verbinden sich zu fugenloser Einheit (wie das schon Kellgren in seinem Vorwort zu den Episteln feststellt).

Bellman hat – knapp, daß er seine z. T. immer wieder umgekneteten Texte zu Papier brachte – die Melodien dazu nicht aufgeschrieben; das überließ er anderen, sammelnden, archivierenden Geistern. Er, der Geysir, spieh nur aus, strömte, verströmte sich, und die Wasser, die Lieder, wären womöglich verronnen, vergessen (wie so manche seiner Improvisationen nach einmaligem Vortrag), hätten nicht zwei Zeitgenossen aufgefangen, was aufzufangen war: O. Ahlström, Komponist und Verleger, und Kriegsrat Weste, Kollege und Verehrer des Dichters. Sie besorgten Klaviersatz, Redaktion und Drucklegung der Hauptwerke. Für den Urheber sprang allerdings nichts dabei heraus.

Wenn die ältere Forschung ein Bellman-Bild entwickelte, auf dem wir den Meister nur frisch-fröhlich zechend an üppiger Tafel „in einem stürmischen Wirbel der Wonne" seine Episteln und Songs samt und sonders aus dem Ärmel schütteln sehen, so war sie damit auf dem Holzweg. Bellman hat die besten seiner Gedichte erarbeitet, sie sind alles andere als Improvisationen und gehören zur Kategorie der Kunstpoesie (S. Skard). Ohne Frage empfing er den Impetus zu seinen Gedichten durch „sein Milieu", jene abdominale Fertilitätsschwemme, in der er selbst ein paarmal versackt war.

Daß er seine Muse beharrlich bei den Nichtprivilegierten, den Kleinbürgern und Bodensätzlern zu Hause sein und bleiben ließ, selbst nach seiner Bestallung und als Mitglied der Königlichen Akademie, irritierte noch lange manchen biederen Bellman-Verehrer und -Forscher; der denn auch glaubte, ihn ehrenretten zu müssen, indem er Schleierchen vor des Dichters literarische Blöße tupfte.

P. D. A. Atterbom (1790-1855), sein erster Biograph, will uns z. B. weismachen, es habe unheimliche Mühe gekostet, den bescheiden, in einer Ecke bei einem Pülleken Schwachbier dem Treiben des losen Volkes zuschauenden Meister, aus der Reserve zu locken und an die Kanne zu zerren. Die widersprüchlichsten Bellman-Bilder wurden angeboten. O. Levertin zeichnet ihn als verlorenen Trinker, erfüllt von einem „der dionysischen Verkündigung Nietzsches verwandten Lebensglauben." Wie er wirklich war, steht in seinen Liedern weiß im Schwarzen. Denn: Er hat sich selbst mit in die „Pfanne seines Œuvres" geschlagen, dareingegeben mit dem ganzen Duft, der ganzen Penetranz seiner Persönlichkeit (der einzigen Möglichkeit, im Gedächtnis der Nachwelt zu bleiben). Und wenn man es schon wissen will – der Autor dieses ist mit Zuckmayer der gleichen Ansicht –: Ja, er war ein Trinker, der schon morgens mit Schnaps begann, und der Alkoholiker in ihm war – wie er selbst bekennt – stärker als der Erotomane. Die jüngere Forschung sucht denn auch vornehmlich aus seinem Werk heraus die Widersprüche seines „gesellschaftlichen Verhaltens", die „Gespaltenheit seines Wesens" zu erklären (Andreae, Kjellén).

„Bellman fotografiert genau", schreibt Victor Svanberg, „wenn es ihm paßt, bald aber gibt er auch nur flüchtige Umrisse, bald zerbricht er geradezu mit kreischender Ungereimtheit die Illusion oder verwischt sie im Clair-obscur. So verstößt er oft gegen die psychologische wie gegen die bildhafte Wahrscheinlichkeit. Dieser ästhetischen Eigenmächtigkeit … liegt offenbar die gleiche Mentalität zugrunde, der seine Stoffwahl und Gedankenwelt entsprangen …" Er, der sich selbst „einen Herrn ohne Tiefsinn" nannte, hatte Zugang zu den Abgründen, der menschlichen Existenz. „Er sah die Auflösung der alten Werte, sah sie wie Spielzeug gehandhabt; etwas Brauchbares, daran Halt zu finden, konnte er nicht entdecken.

Weder Armut noch Reichtum, Gesundheit noch Krankheit nimmt er ernst, weder Leben noch Tod. Gefunden hat er diese Freiheit in der winkelvergessenen Hauptstadt einer versunkenen Großmacht, in einer hoffnungslos verfallenden Gesellschaft…"

Und so entpuppt er sich uns als der weisesten einer, der das Scheindasein unserer historischen Existenz erkannte, seine qualvolle Enge überspielte und lachend seinen Tribut entrichtete, weil er sich eingebettet wußte in der Freiheit eines größeren Seins!

Es ist nur zu begreiflich, daß ein so beschaffener Dichter, der niemals Imponierstellung einnahm wie die Schreibgrößen seiner Tage, nie nach literarischem Lorbeer lechzte, den ästhetischen Geistern seiner Zeit, welche darüber befanden, was Kunst und was keine, was wert und was unwert der Beachtung sei, höchst suspekt erscheinen mußte und sie infolge ihrer zeitlichen wie persönlichen Nähe Umfang und Bedeutung des Bellman-Werkes einfach nicht erkennen konnten. Sie maßen dieses Gebirge mit der Elle ihrer gepuderten Vernunft. Im Volk (dem kunstverbrauchenden) längst gesungen und verehrt, weil er den *nervus rerum* traf, bekämpften ihn die s. Zt. Maßgeblichen, die französischen Wind für schwedische Dichterkähne importierten. Auf solche Weise sicherte sich auch gewissen Nachruhm der Akademiedirektor Leopold, Hof- und Hilfsdichter Seiner Majestät (dem aberwitzigerweise die schöne Epistel Nr. 82 – offenbar um des höfischen Friedens willen – zugeeignet ist). Noch nach des Dichters Tode verfaßte der Neidische einen Aufsatz „Über den Geschmack und seine allgemeinen Gesetze", in dem er auf Bellman zielend äußert, der Leser könne wohl über dergleichen lachen, er müsse es aber verachten. „Er kann das Talent billigen, aber nicht, was damit gemacht wurde."

Zwar bilden Bellmans Gegner keine geschlossene Phalanx, aber soweit waren sich die in der Akademie gesammelten Literaten einig, ob im einzelnen intellektuelle Aufklärer, deskriptive Naturpoeten, Phosphoristen oder Kulturpessimisten –:

Bei aller Achtung vor dem formalen Können des Bohemiens – für die Akademie war er ein Fehlgriff Seiner Majestät. Anfangs stand auch Johan Hendrik Kellgren, Leopolds Amtsvorgänger, arrivierter Dichter, Chefredakteur, Privatdozent (und Widersacher des schwedischen Sturm und Dranges) im feindlichen Lager. Später, als der König seinen Bellman auf einen vergoldeten Sockel gehoben hatte und schützend die Hand über ihn hielt, kroch er zu Kreuze und attestierte ihm schließlich im Vorwort zur ersten Epistelausgabe hohen künstlerischen Rang. „Doch seine Anerkennung galt vorwiegend dem Sänger…, der Einheit von Melodie und Dichtung… Und in diesem Sinne zollte ihm auch die akademische Richtung Beifall. In seiner literarischen Bedeutung voll gewürdigt hat Bellman erst die Nachwelt.“ (Felix Niedner)

Der Hofmann und spätere Kanzler Sparre, der selbst die Feder wetzte und auf den literarischen Konversationen des Königs glänzte, bescheinigte Bellman gern die Fähigkeiten eines tüchtigen Reimeschmiedes, aus dem u. U. „ein zweiter Anakreon“ geworden wäre, hätte er sich thematisch wie physisch nicht in den Pfuhl begeben. Welche Hybris! Zudem: welch Aberwitz, das dem Anakreon irrtümlich Zugeschriebene – mehr oder weniger Mittelmäßiges der Spätantike – mit dieser überragenden Größe zu vergleichen. Bellman war jenen Lackierten einfach zu schwedisch!

Seine Freunde waren neben Bürgern und Hofbeamten die Maler, Architekten und Bildhauer, an der Spitze J. T. Sergel (1740-1814), Schöpfer des Gustav III.-Standbildes in Erz, und Palmstedt, der Stadtbaumeister, in dessen Haus sich der Gustavianische Künstlerkreis zu treffen pflegte. In Bellmans Spätstil ist der Niederschlag dieser Begegnungen zu spüren: Natur und Umwelt sind stärker einbezogen, das Drastische weicht dem Differenzierten. Er wurde einige Nuancen gehobelter, kühler und wohl auch gelegentlich *un peu* „porzellanhaft“, ein freundliches Opfer, das er der Geschmacksverfeinerung unter Gustavs Zepter brachte.

Daß er seine Bücklinge machte mit Huldigungsgedichten und dergleichen, ist ihm nicht anzulasten. Einer wie Bellman war auf Gönner angewiesen. Wenn auch bereits Tausende in England und auf dem Kontinent von der Arbeit ihrer Feder lebten, in einem verarmten Bauernland wie Schweden war das nicht möglich. Daher denn auch die Ambivalenz seines sozialen Verhaltens: der unbekümmerte Verkehr des Antiplutokraten mit den Begüterten und vor allem die Zweigleisigkeit des Pazifisten Bellman in der Kriegspolitik seines Königs. (Bruder, dein Aussehn verrät mir ein Blut,/totschlagsfroh und stets bereit zu Gewalten./Nennst dich Soldat...) Die Alternative zum krummen Buckel hieß für einen wie ihn allemal verrecken. Der vorkapitalistische Bohemien mußte wohl oder übel sein dünnes Mäntelchen nach dem Winde hängen, so auch *nolens volens* unser Dichter. Und dennoch: In Bellmans Kasse war, auch trotz der später festen Besoldung (einer Sinekure, die vielleicht einen haushälterischen Versemacher durchaus hätte über Wasser halten können), so gut wie immer Ebbe, ein Umstand, nicht zuletzt aus der himmlischen Gleichgültigkeit dieses gescheiterten Bankbeamten gegenüber Soll und Haben zu erklären, einer stupenden Naivität in Geldsachen, einem geradezu lasterhaften Vertrauen in jeden Schnorrer und der Bereitschaft, immer und überall zu helfen – dito Musengeschenken, die dem Selbstverschwender mit in den Schoß gefallen waren.

In Bellman-Anekdoten wird – bei aller Klischeehaftigkeit – gerade dieser Zug des Dichters treffend ausgemalt: Sieht der König seinen Dichter splitternackt auf der Straße daherkommen, die Hand vor der Blöße. Fragt er ihn: „Mein lieber Bellman, wie kommt es, daß Er so dürftig bekleidet ist?“ Antwortet Bellman: „ Kann Ew. Majestät untertänigst versichern, daß ich alles anhabe, was mir gehört.“ Er bettelte sogar für andere. Überliefert ist, daß er mit dem Hute fechten ging für die mittellose Witwe des Dichterkollegen Lidner (1757-93). Der kleine Bettelsong ist in der Königlichen Bibliothek aufbewahrt –:

Wenn ein armer Dichter stirbt,/müssen wir ihn nackt begraben,/weil wir Dichter, wie man weiß,/selber knapp ein Hemde haben./Laßt uns, da schon Lidner starb,/nicht noch seine Frau begraben!

Verdächtig oft ist in Bellmans Liedern von gutem Essen die Rede, kostspieligen Schmeckleckereien, Weinen und Spirituosen. Bekanntlich aber redet der am meisten von der Sonne, der im Schatten hockt. Erhaltene Krämerrechnungen der Bellmans weisen als höchste Posten die Ausgaben für Zucker, Kaffee und Puder auf. Er selbst bezeichnet in seinem kurzen Lebensbericht als gute Mahlzeiten Weißkohl, Erbsensuppe oder Strömminge. Und was Bacchi Gaben betrifft, so wird er sich an den billigen Schnaps gehalten haben. (Die größten Sprünge macht der Dichter auf dem Papier. Gleim (1719-1803) notierte: „Mit Schmidt (Klamer, Halberstadt) die ganze Nacht durchgezechet..." Man fand die Rechnung –: Sie hatten sich beide zusammen eine halbe Flasche Rotwein geleistet.) In der 79. Epistel, dem grandiosen Pendant zum Rinnstein-Soliloquium, starrt denn auch die harte Wirklichkeit durch das magisch-mythische Dichterfenster: Wirtsfraun, verehrte, rasche,/stärkt mich zum letzten Male./Denn zu der Väter Asche/hat man mich bestellt./Füllt mir kein Aas die Tasche,/wenn ich nicht gleich bezahle,/gibt mir kein Wirt ne Flasche/ohne bares Geld./Mutter, streich aus die drei Öre/für ein Stück Brot und ne Möhre,/Käse samt Schimmel,/Kruste und Kümmel,/dito den Dreier/für die zwei Eier/und die drei Pellkartoffeln, die ich eben aß/und fast vergaß – ein teurer Spaß!

Carl Michael Bellman ist Brot und nicht Oblate einer literarischen Glaubensgemeinschaft, ein Unterhalter vom Range Mozarts und Boccaccios, ein Lehrer wie Ovid, ein Humanist wie Shakespeare und Cervantes. Er war ein großer Liebender vom Schlage eines Petronius Arbiter, ein Teils-Juan, ein Teils-Franziskus. Seine Dichtung engagiert sich scheinbar für nichts als die Sinnenfreuden und die Freudensinne. Aber ist nicht auch die Freude schwer, gewichtig wie „Glück, Überfülle und Verzicht?“ (Rilke) Und wenn dieser Lustbeladene ohne die geringste tränenselige Zutat in orphischer Klage den Schmerz singt, den Gram, den Abschied, den Tod, dann nur, um mit dem Komplementärwert Farbe zu bekennen: Schwestern, liebe,/wenn ich übe/mich im Todsein, und ihr trinkt –:/mir speziell ein Prost erbringt!/Singt von Liebesglück und -plagen,/ singt, wie wir den Durst verjagen,/wie im Wein die Wonne zirpt,/wenn darin der Gram verdirbt… Oder an Movitz‘ Sterbebett, wo er uns so kühl, so sachlich kommt, daß wir an Benns „Krebsbaracke“ erinnert werden: So gelb die Haut! die Wangen rötlich-fleckig./Zeig mal die Hand! Die Adern lilaprall…/Ach, und die Brust! So flach, so schmal, so eckig!/ Schweißüberströmt liegst du in diesem Stall…/Movitz, dein Blut rinnt so schwer durch die Venen!/Singe vom Schönen…/ Schwindsucht wird dich in die Grube geleiten./Stimm jetzt die Saiten!/Sing vom Leben, sing, wie schön es war!

Ja, ihr Herrn, das Sterben kannte er. Ist er nicht oft genug den kleinen Tod gestorben, um den großen einzuüben? Was scherte ihn die Lunge, was die Leber? „Das Leben ist ein Ding des Übermuts“/,dichtete Rilke in seiner Bellman-Ode, „Und wenn er stürbe. Sterben ist so echt. Hat er dem Leben lang am Hals gehangen,/da nimmt ihn erst das Leben ans Geschlecht/und schläft mit ihm, so viele sind vergangen/und haben Recht!“

Bellman-Portraitskizze von Johan Tobias Sergel

Düsteres Finale

Nach der Ermordung Gustavs III. durch adlige Verschwörer (1792), dem dramatischen Abgang dieses schwedischen Theaterkönigs und zeitfernen Träumers im Norden – er wollte z. B. nach seinem vom Zaun gebrochenen und verlorenen Rußlandkrieg allen Ernstes die Französische Revolution ersticken –, unter dem sogenannten Reuterholmschen Regime, das alle Gustavianer verfolgte, stand Bellman über Nacht vor dem Nichts. Und als er (1794) eine Schuld von hundertfünfzig Reichstalern nicht zurückzahlen konnte, wurde Schwedens Anakreon auf Betreiben einer Kreatur (ausgerechnet des Namens Nobelius) drei Wochen in Personalarrest geschickt. Im letzten Frühjahr, das er noch erleben sollte, schwer lungenkrank und verlassen von den Schwärmen seiner hochgestellten Bewunderer, saß er sie ab im Flügel der Hauptwache des Königlichen Schlosses. Ein Jahr darauf (am 11. Februar 1795) starb er.

Ein junger Adliger, Evert v. Saltza (späterer Oberkammerherr und Verfasser eines vielgelesenen Erinnerungsbuches), gibt uns ein Bild, eine Art Schnappschuß, von Bellmans Auftreten anläßlich einer Soiree beim Baron Ralamb, dem Königlichen Musik- und Schauspieldirektor, im Herbst 1794, wenige Monate vor des Dichters Tode: „Er war absonderlich gekleidet … trug einen Frack aus schwarzgrün gestreiftem Tuch, eine scharlachrote Weste, schwarze, schon etwas abgetragene Samthosen, alte schwarze Seidenstrümpfe, Schuhe mit kleinen Silberspangen; unter den umgekippten Hemdkragen hatte er ein schwarzes Crepon-Halstuch geschlungen … Er war sehr stark gepudert … (Kostümiert also für diesen Auftritt – seinen letzten vermutlich – wie sich's gehörte: belustigend-ernst, lachhaft-beschämend.) Er verbeugte sich äußerst linkisch … Er machte einen geradezu schüchternen Eindruck … Er kriegte kaum den Mund auf." Die Baronin klagte es ihren Gästen, wie maulfaul der Herr Hofsekretär sei. Man hatte sich einen lustigen Abend mit ihm versprochen. Der Oberst Gyllengranat wußte Rat. Die Baronin möge ihn an seine Seite setzen und eine Batterie schwerer Weine auffahren lassen. Die Ralamb arrangierte das, der Oberst trank mit ihm um die Wette, und alsbald fiel der Groschen – aber in die falsche Rille. Bellman sang eine traurige Ballade von der Schlacht bei Savataipa (Finnland), wo der Baron Leijonhjelm gefallen war. Mademoiselle Posse, die mit ihm verlobt gewesen war, konnte sich nicht halten und begann herzzerreißend zu schluchzen. Gyllengranat stieß Bellman an: „Nun langt das aber mit den Leichenpsalmen, mal was anderes!“ Bellman stürzte ein paar Gläser hinunter und tat ihnen den Gefallen. Da hörte man Glockengeläut, Bänkeknarren; die ungestimmte Orgel setzte ein, und schließlich sang der angeheizte, todkranke Dichter ein lustiges Stück und noch eins und dann eins nach dem anderen, und alle wollten sich ausschütten vor Lachen.

Carl Michael Bellman wurde auf Kosten seiner Freunde begraben. Allein die Sonne schien auch an diesem Tage gratis, und so hatte sich viel Volk auf dem Clara-Friedhof versammelt, Abschied zu nehmen von diesem „ungeheuerlichen Mann.“

1849 schlug die Schwedische Akademie die von Gustav III. gestiftete Bellman-Medaille. Später, auf der Suche nach seinem Grab, fand man in der Nähe des Gedenksteins einen Schädel, höchstwahrscheinlich den des Dichters. Er wurde unter einem bereits am 26. Juli 1828 errichteten Denkmal beigesetzt (nachdem er längere Zeit den Schreibtisch eines Forschers geziert hatte).

Der Tag der Denkmalsweihe ist Bellmans *„jour fixe“* geworden, der Bellman-Tag, der noch heute mit einer spektablen Bootsfahrt, mit Aufzügen und Schaustellungen als Volksfest in Stockholm gefeiert wird.

Liste der Personen,
die in „Fredmans Episteln“ in Erscheinung treten

FREDMAN,
der Friedfertige; berühmter Uhrmacher in Stockholm, aber einer ohne Uhr, Werkstatt und Geschäft; wurde vom Dichter (!) heiliggesprochen.

ULLA WINBLAD,
Tochter eines ausgedienten Gardekorporals; Nymphe und Priesterin im Tempel des Bacchus, bzw. Kellnerin; Venus der Brüderschaft und Königin der Bälle.

Vadder BERG,
Tapetenmaler und Stadtvirtuose auf diversen Instrumenten.

Vadder BERGSTRÖM,
Geburtstagsständchenbläser im Katrina-Virtel.

Die BERGSTRÖMSCHE,
seine Frau, genannt „Liljans Madam“, Kneipwirtin.

Korporal MOLLBERG,
besaß ein Haus in der Horngasse, war vorübergehend Fabrikbesitzer, danach Reiter ohne Pferd, Sattel und Stall, schließlich Tanzmeister; ein Kerl von Schrot und Korn.

ERIK BERGSTRÖM,
ein Kunde ohne festen Wohnsitz, meist Festmarschall und Tafeldecker auf Hochzeiten und Bällen.

CHRISTIAN WINGMARK,
gewöhnlich „Wingmark mit der Staatsperücke“ genannt, besitzt ungewöhnliche Geschicklichkeiten auf der Blockflöte.

ANDERS WINGMARK,
Lumpenhändler aus der Unwettergasse, früher ausgelassen und dummdreist.

PEHR BERGSTRÖM,
gewöhnlich „Bruder Pehr“ genannt, ein perfekter Tänzer; kann mühelos alle aus dem Takt bringen; ausnehmend lustiger Stoppelkopp.

CHRISTIAN SAMUEL BREDSTRÖM,
ein Kunde ohne festen Wohnsitz; sah kaum je das Tageslicht anders als durch den Flaschenboden; Aufenthalt unbekannt.

PETTER BREDSTRÖM,
Handlungsgehilfe.

NORSTRÖM,
Seezollbeamter, Ullas Ehemann, Sohn eines Gartenmeisters; kann nicht singen, beherrscht kein Instrument, besitzt aber den sicheren Griff zur Flasche.

KULKUS,
Winkeladvokat, ist damit ausgelastet, den Zeugen zu spielen, ohne allerdings als solcher dabeigewesen zu sein.

KILBERG,
allgemein „Pharaos Bäcker“ betitelt, gewesener Offiziant und Herold im „Bacchus-Orden.“

BOMAN,
Gardekorporal a. D.; ging an der Wassersucht ein.

WETZ, JOACHIM,
Kriminalstudent und Gelegenheitsdichter.

JERGEN PUCKEL,
Gerichtsdiener; ein Zugereister.

BENJAMIN SCHWALBE,
dito ein Aktenschwanz.

Vadder MOVITZ,
ehemaliger Feuerwerker der Artillerie; als Musikus berühmt seit seinem Konzert in „Drei Bütten“; hat es schwer an der Lunge.

CHARLOTTA,
seine Braut, Fabrikarbeiterin; starb ihm plötzlich und unerwartet.

Vadder DIDRIK,
Wirt und Geizkragen.

LÖFBERG,
„Drei Bütten“-Wirt, ein lästiger Querulant.

FRÖMAN,
Totengräber und Boos (rotwelsch = Gastwirt) vom „Drechslergarten“, selbst tot und begraben.

„THEOPHILOS“,
ein zugereister Schuster.

Mamma vom THERMOPOLIUM BOREALE, (d. h. windige Trinkbude),
Chefin obgenannten Tanzcafés, eine voluminöse Person.

Mamma vom HAHN,
Zapf- und Ballmutter, eine noch recht geile alte Henne.

Mamma vom VIERECK,
Zapfmutter.

Mamma der Kneipe BRAUNE TÜR,
dito Zapf- & Flohmutter.

Mamma MAJA MYRA vom VERGOLDETEN BECHER,
stets zu Diensten, den Herren aus der Verlegenheit zu helfen.

SOPHIA,
Kellnerin in der „Luchskatze“, eine Schlunze, vornehmlich Seeleuten zugetan.

KOLMÄTARS LOTTA,
Kellnerin im „Krug Wismar“, ein nicht minder lockerer Vogel.

HANNA,
ein Schmuckstück, das selbst eins verlor.

ANNA GRETA,
ein attraktives Flittchen, das Fredman sitzen ließ.

GRETCHEN,
Tochter eines Steuermannes, Fabrikarbeiterin; lernen sie erst am Sarge kennen.

Desweiteren viele andere, hinlänglich bekannt aus den Stellen, wo Fredman sie in seinen Episteln nennt.

Epistel Nr. 1
an CAJSA STINA (resp. ULLA WINBLAD)

Was soll denn das? Keiner trinkt? Trinkt, liebe Brüder! Seht an das Glas hier auf dem Tisch in der Kneipe! Betrachten wir die Pötte auf dem Brette im Büfette! Hören wir nicht die funkelnden Kannen in Schwester STINAS Händen gleichsam zu uns sprechen: Wohlan, teure Seele, netze deine Asche! Wahrlich! geliebte Schwestern, wahrlich, meine Brüder! wißt ihr, wie mir das vorkommt? Also, das kommt mir vor, als wollte sich einer vorkommen, der noch keinen zur Brust genommen hat. Stimmt's nicht? Na, also! Prost! liebe Seele …

Prost, prost! bei Tag und Nacht,
Lust ist uns zugedacht!
Netz deine Asche!
Her mit der Flasche!
daß uns BACCHUS lacht,
prost, prost! bei Tag und Nacht.
Schwester STINA, halb im Dunkeln –
seht! wie ihre Buddeln funkeln.
Schnell den Krug mir bringe,
STINA, Süße, springe!
Singe!
lach und trink, wie's Fredman macht!

Siehe, ich bin es, der den Pott zu leeren hat, und du bist es, die ihn wieder füllen muß. Und ihr, geliebte Brüder, seid es, die das Bier bestellen, auf daß es uns am Saft nicht fehle. Fehlt es am Safte, geht uns der Sprit aus, ach! dann sind wir geliefert.

Kraft – das ist alles! Und darum –: Courage! Wie viele sind wir? Heerscharen! Uns gibt's doch massenweise! Zum Wohl, JERGEN PUCKEL! Prost! BENJAMIN SCHWALBE. Seine Dienstbarkeit ERIK BERGSTRÖM! Schmeckt's nicht, ANDERS WINGMARK? Redlicher Bruder BERG, und du, SAMUEL BREDSTRÖM, welcher du unter dem Tisch liegst, prost! Tretet es nicht, das arme Schwein! … Wetzt die Bögen! Haut auf die Pauke! Haltet zur Flasche!

Ist euer gutes Recht,
daß ihr den Kummer brecht!
Flaschen sind Waffen.
Wollt ihr es schaffen –
dann brav durchgezecht,
daß ihr den Kummer brecht!
STINA, weiche nicht vom Spunde!
geht mein Herz sonst vor die Hunde.
Ohne einen Tropfen
kann es nicht mehr klopfen.
Hopfen
wär verloren und Gefecht.

Epistel Nr. 2

an Vadder BERG, seine Kunst auf der Fiedel betreffend

Nun stimm deine Geige!
BERG, alter Streicher, ran!
Alle Mädchen ran!
Keine Angst vorm Mann –
hier sind nur Kerls geladen …
Leg los nun und zeige
uns allen dein Talent!
Spiel, was jeder kennt,
spiel mit Temp'rament,
mag's auch dem Bogen schaden.
Und rinnt dir der Schweiß,
darfst du in diesem Laden
vom Rüssel bis zum Steiß
in Branntwein baden.
Du liegst richtig!
Ja, du bist wichtig.
Wo du fiedelst, schmilzt das Eis.

Von Nymphen umgeben,
giltst du als Inbegriff
eines Manns mit Pfiff,
denn du kennst den Kniff,
alle Köpfe zu verdrehen;
läßt Herzen erheben
und lächelst nur verschmitzt.
Jede Note sitzt,
jeder Ton erhitzt,
bis alle rosa sehen.
Nur'n kurzer Moment –
und schon ist es geschehen:
Mon dieu! die Scheune brennt …
Und Windeln wehen.

Was geht's dich an?
Du grienst wie'n Strichmann,
Geigen ist dein Element.

Ich steh auf die Bienen,
auf Wein ein bißchen mehr;
bin auf beide scharf,
was man sagen darf,
doch ich weiß genau zu trennen –:
Ein Mädchen im Grünen –
im grünen Glase Wein,
nehm die beiden fein
nacheinander ein
und geh mit beiden pennen,
grad wie sich's gehört …
Oh BERG, zu neuem Rennen,
komm, schmier dein Roßhaarschwert! …
Laßt, Freunde, mich's bekennen:
Schluck und Damen
braucht jeder. Amen.
Das ist, was SANKT FREDMAN lehrt.

Epistel Nr. 3

an eine jegliche Schwester, insonderheit an
ULLA WINBLAD

Vadder BERG stößt in die Tute.
Schau! die Schönste der Redoute,
wie sie die Runde dreht.
Schau! wie BERG, der Schurke, schmachtet,
wie er die Dessous betrachtet
und süß ins Solo geht.
Mon dieu! sieh ULLA schweben,
lachend Flor und Rüschen heben,
ihre Federhaube beben …
Bis zum Knie/
bis zum Knie
wirft ihre Röcke sie.

Waldhorn braucht man zu den Feten,
Nymphen, Fässer und Pasteten;
Violen auch dazu.
Kuck! das Mannsvolk starrt und flüstert,
weil an ULLA alles knistert –
vom Ausschnitt bis zum Schuh.
Mon dieu! sie liegt erschossen
in zwei Armen, hingegossen …
Vadder BERG stößt unverdrossen
in sein Rohr/
in sein Rohr –
so schön wie nie zuvor.

Alter, wie der Satan blase!
Steck die Tute auf die Straße!
Schaff Hautevolee ins Haus!
reiche Knaben und Barone,
Herren mit und ohne Krone –

hol alles aus dir raus! …
Mon dieu! sieh ULLA glühen,
Grafen sich um sie bemühen …
HELENA und PARIS fliehen
aus dem Schwarm/
aus dem Schwarm …
Blas, Vadder BERG, Alarm!

Horch! Musik aus allen Himmeln.
Schau! wie sich Sirenen tümmeln
zur Leier des APOLL.
ULLA WINBLAD, Braut der Bräute,
Glut der Nächte, Schwarm der Meute –:
von Feuer jeder Zoll!
Mon dieu! ich hör dich singen,
sehe hinter roten Ringen
FREIAS Tempel jäh zerspringen …
Blau und bloß/
blau und bloß
steh ich auf CHARONS Floß.

Epistel Nr. 4

speziell und namentlich an ANNA STINA (alias ULLA WINBLAD)

Blast, Musikanten! das Waldhorn soll schmettern.
Blast, und verschluckt nicht den Priem!
Hier, zwischen Bottichen, Kisten und Brettern
wird man erst richtig intim.
Blast, ihr Halunken! bringt Stimmung ins Haus!
Dann gibt's auch Prilleken, Bockbier und Liebe.
Nun mach schon! du Rübe,
du Tasse, du trübe,
und steck die Trompete zum Fenster hinaus!

Ball in der Küche … Geflickte Tapete …
Auch das Gedeck ist parat –:
drall, nur im Hemdchen, die Damen der Fete.
Hej! ANNA STINA, mein Staat …
Blast, Strolche, blast die Moral aus dem Schlot!
BACCHUS und FREIA regieren hier besser …
Zuerst an die Schlösser
und dann an die Fässer,
um aufzuerstehen nach süßestem Tod.

Öffnet die Luken, posaunt auf die Gassen!
Blast die Gemeinde zusamm'.
Seht ANNA STINAS bestürzende Massen!
Lotet die Schönheit, gottdamm!
Liebwerte Brüder, ich sage es frei:
Heilige Stätten der Lust sind die Betten,
Matratzen und Kähne,
sind Bretter und Späne,
sind Tische und Treppen und Gasse und Kai.

Epistel Nr. 5

an die getreuen Brüder der Pinte TERRA NOVA in der Gaffelgasse

Liebe Brüder, in Frieden laßt gehen denn rund
die Kanne trotz Bosheit und Streites jetzund!
Laßt uns ringen,
bezwingen,
hampeln,
strampeln,
Trauben zertrampeln zu jeglicher Stund!
Seht! die SCHMÄHPHESER, sie streiten sich gern.
Doch den SCHMORINTHERN liegt Traurigkeit fern.
Diese erwachen
und lachen
und stippen
die Lippen
in Gläser und loben den Herrn.

Füllt die Krüge, nun Brüder, die Deckel klappt drauf!
Valet sagt dem Kummer und trinket! Glückauf!
Euch zum Heil weiht
der Geilheit!
Hampelt,
strampelt
jubelnd im Kübel des BACCHUS zuhauf!
Branntweinapostel verkünden mein Wort
unter Posaunen an selbigem Ort:
Gröhlet und raufet
und taufet
und schaumelt*)
und taumelt
und fallet wie Helden alldort.

*) Schaumeln: rotwelsch = Koitieren

Naht in Demut der Flasche und wünschet einand'
Wohlsein! und wehret dem Nüchternheitsstand!
Seid gerieben,
ihr Lieben!
Stampfet,
dampfet
ab in den Weinberg des BACCHUS, *mes chers!*
Eifere, THEOPHIL, trinke, Kumpan!
Im GODAMASCUS-PORT ankert ein Kahn:
bis an die Luken
voll Kruken
des Trostes
und Prostes.
Pull hin und hol eine mir her!

Epistel Nr. 6

an die Vielkipper von jenseits des KÖNIGLICHEN TIERGARTENS

Gruß euch und Friede! Schwestern und Brüder,
im Namen des Schumms*) :
Tür auf und Mieder
dem Ohnegleichen!
welcher aus Leichen
Lebendige schafft …
Nun her mit dem Saft!
Schon geigt der Biersilen …
Schwestern, stimmt ein!
Tanzt! laßt die Wäsche sehn,
Backe und Bein.

*) Schumm, Kundenlatein = Schnaps, Suff, Trunkenheit

ULLA, *allez!*
Seht! im Rosé –
schöner denn je –
glüht die Kamee,
welche selbst Blinde im Dunkeln erreichen.

Wehret dem Kleinmut, liebwerte Seelen!
Bewahrt euern Mumm!
Sehet den scheelen
Streicher sich winden!
Höret ihn schinden
den wimmernden Strang!
da unter der Bank.
Schnaps an die Rampen jetzt! –:
Baum, daß du grünst …
Lösche die Lampen jetzt,
Schwester vom Dienst!
LOTTA, komm her,
mein Solitär!
Bück dich! *ma chère …*
klein bißchen mehr!
daß wir die Fackel der Liebe entzünden.

Epistel Nr. 7

Wie es aussieht, eine Elegie, geschrieben an ULLAS Bett

Hol die Baßviole, stimm sie, Alter!
Spiel Schmerz und Qual!
Schluchz wie'n Tauber einen Trauerpsalter
um den Gemahl!
Eifersucht, Furcht und Hader laß schießen!
Rauf dir's Haar, zerrupf dein Barett!
Bittere Tränen sieh vergießen
mich vor ULLA WINBLADS Bett.

Fühl nur mal! Bald lahmt es und bald hastet's
mon pauvre coeur.
Deiner Töne Tiefe, Freund, belastet's
vielzentnerschwer …
Seh ich dich aber heiter scharwerken,
spür ich gleichsam Hoffnung erblühn,
weiß einen Born, mein Herz zu stärken,
ich voll Schumm und Immergrün.

Meine Augen sehen – nicht ganz deutlich,
in Nebeln zart –
FREIA hier, die Schönste, bleich und bräutlich,
hoch aufgebahrt …
Ablegt die Schuhe! Heiligt die Stätte
dessen, den auch Schönheit nicht rührt,
der dem PIERROT jetzt die PIERRETTE
in die ewige Nacht entführt.

Ihre weißen Brüste: schau! erbeben.
Geig halb so laut!
Laß mich ihr das Myrtenkränzlein geben,
der lieben Braut!
Schau! Ihre Augen trotzen dem Tode,
schimmernd bis zum tiefsten Grund.
Höre doch, BERG! Die JUNGFERNODE
perlt der Süßen süß vom Mund.

Nie sah Fleisch und Blut ich so harmonisch
vereint wie hier.
Plötzlich sprach – gewiß nicht salomonisch –
der Kerl in mir:
Stirb also, Nymphe! jetzt zur Minute.
Nimm das kleine Sterben in Kauf!
Bitte: Du wachst ja, Zuckerschnute,
gleich danach im Grabe auf.

Epistel Nr. 8

an Korporal MOLLBERG

Auf jetzt die Türen! Setzt ein mit den Fiedeln!
Kommt alle rein!
Hier geht vor Anker! denn hier könnt ihr siedeln.
Hier fließt der Wein!

Dröhne, Baß! Schluchze, Viole, dich tot!
Waldhorn soll seufzen, berauschen und röhren
zum Rammeln und Kören!
Doch alle, die stören
– das wollen wir schwören –
trifft Plempe und Schrot.

Keiner hat Zutritt, der nicht Korporal ist
oder noch mehr.
Fangt euch an Schnepfen, was immer im Saal ist,
fallt drüber her!
Entrechaque! Hopsa! mal runter, mal rauf!
Weg mit dem Zaster! Kein Held ist solide …
Wenn nicht mehr liquide,
vergrätzt und stupide,
ein Bumsinvalide –
Was dann? Häng dich auf!

Greift eure Mädchen – zu allem entschlossen!
fegt durch den Saal!
Wer hier nicht mitmacht, wird gleichmal erschossen,
fliegt vors Portal.
Kotzt nicht und kneift nicht! *vite, vite,* frohen Muts!
Schützt keine Müdigkeit vor, Kameraden,
denn jetzt wird geladen.
Begießt euch die Waden!
Und kommt wer zu Schaden –
nu, wenn schon: Was tut's?

Blast, ihr Halunken! posaunt jetzt wie malle –
sei's in die Bux …
Aufreißt die Fenster! Nun springen wir alle
raus auf die Straße, zum Jux,
mischen die Extremitäten nicht faul,
klettern dann wieder zurück in den Koben,

tun saufen und toben,
zerfetzen die Roben
und stranden kieloben –
und halten das Maul.

Epistel Nr. 9

an die Alte vom THERMOPOLIUM BOREALE und ihre weibliche Mannschaft

Liebwerte Brüder, Schlecker und Immen,
seht Vadder BERG die Streichmarie*) stimmen!
Augen dabei geschlossen,
den Bogen unter dem Arm.
Nase geplatzt, die blitzblaue Gaube,
fummelt und dreht er, spuckt auf die Schraube.
Dann wird der Zahn begossen.
Allmählich spielt er sich warm;
grinst mal ergeben,
schrubbt mal daneben,
geigt aber schließlich sauber mit Charme.
Los! Jungis, auf! *Allez!* Menuett!
Hut in die Hand und Handschuh adrett! …
Kuck mal! schau! Korona –:
Da kommt Miss ILONA,
nagelneu in *blue and red.*

*) Streichmarie: Machwort für Geige

Joi! JERGEN PUCKEL schwenkt den Zylinder,
raucht wie ein Schornstein, säuft wie der Schinder,
stiefelt auf hohen Haxen
und schlenkert Arme und Bein.
Goldgelb der Rock mit silbernen Knöpfchen,
dicht überm Kragen baumelt ein Zöpfchen,
nichts im Ballon als Faxen,
die Backen knallrot vom Wein …
Pliert zur Kapelle,
schliert auf der Stelle,
stopft sich ne Pfeife, hakt wieder ein …
Schnell man ertanzt den Gipfel des Balls,
blau, doch manierlich – noch jedenfalls …
ULLA, halt dich grade!
Keine Eskapade!
Fall mir später um den Hals.

Wer ist denn der sympathische Nette?:
rapsgelbe Hosen, weiße Stieflette,
piekfeiner Rock mit Schlaufen,
führt LOTTA eben zum Tanz.
Das ist ein Paar wie aus dem Journale:
niedliche Villa und Kathedrale …
Gebt Vadder BERG zu saufen,
was Hartes jetzt mit Substanz!
Spund in das Starkbier!
Und nicht so karg hier!
heut wird geschwelgt, heut dürstet kein Schwanz …
Damen, jetzt bildet hübsch einen Kreis,
tanzt ineinander, winkt mit dem Steiß!
Spielt nun taube Blinde!
BERG, trink aus und schinde
deinen Wimmerstock*) mit Fleiß!

*) Wimmerstock: Machwort für Holzblasinstrumente

Liebwerte Schwestern, hoch mit den Röcken!
tobt nun, als sollt ihr Tote erwecken.
Gebt Vadder BERG Kol'fonium,
Likör dem Ballveteran!
He, Vadder BERG, wer ist da die Fette,
die an der Theke, diese Korvette?
Mamma von THERMOPOLIUM!
Das isse! Hack mich der Hahn!
Harsch wie die Granne,
Arsch wie ne Wanne,
diesem entsprechend auch das Organ …

Doch, meine Brüder, hier ist was los.
Hier gibt's Musike, Stiebel und Stoß.
Hier ist BACCHI Stätte,
hier ist AMORS Bette.
Hier bin ich noch mal so groß.

Epistel Nr. 10

oder Kleines Lied für Querflöte

Schwestern, hört ihr mein Getön?
In des Tages Nöte
mischt sich meine Flöte,
zwischen Lärm und Angstgestöhn.
Klingt sie nicht ganz schön?
Sag's euch immer wieder: nur nicht sauer werden!
Laßt die Zügel schießen aller Lust auf Erden,
und ihr kommt um den Verdruß,
Schwestern, bis zum Schluß.

Blast mit mir ins Flötenloch,
legt den Arm, Kanaillen,
Nymphen um die Taillen!

Unter VENUS' Rosenjoch
drängt euch noch und noch!
Laßt die Augen blitzen! Blicke laßt uns deuten!
Lockt und lächelt, Mädchen, laßt die Brüste läuten!
Mein's Matrößchens*) heißer Kuß
brennt mich bis zum Schluß.

Was ein Glanz in FREIAS Zelt!
Unsre Flöten klingen,
und die Schönen springen …
Das Gebläs nun höher stellt –
bis der Nebel fällt.
Zünden seht CUPIDO jetzt die Liebesfackeln.
Hört die Füße scharren! Seht die Bude wackeln!
Wollust trifft wie'n Büchsenschuß
allesamt zum Schluß.

Zeigt, Genossen, Herz und Schneid!
Mädchen gibt es viele.
Tanzt zum Ziel der Ziele!
Nehmt bei der Gelegenheit
Flaschen zum Geleit!
Besser, einer geht durch BACCHUS schnell zugrunde,
als durch VENUS, mein ich, langsam vor die Hunde.
BACCHUS nur tilgt den Verdruß,
Freunde, dies zum Schluß.

*) Matrosse: rotwelsch = Bettschatz, Dirne

Epistel Nr. 11

an die Brüder und Schwestern in der LUCHSKATZE; macht sich gut mit Waldhorn

Herrlich! ruft FREDMAN, hört er das Waldhorn jubiliern und schmachten
und Flötenklang.
Stünde die Welt schon morgen durch Bomben, Mord- und Kriegestrachten
vorm Untergang,
er würde – Gott sei Dank! –
keine Stunde drum verachten –:
Schönheit entzückt, das Auge genießt,
und auch der Branntwein fließt.

Luchskatzenschwestern, über euch alle Lob und Dank und Ehre und Bumsmusik,
Seemännerpranken, Holländerpfeifen, Pintenschwadroneure und Bettgequiek! …
Dem Käpt'n gönnt den Sieg!
Der macht Kies mit seiner Fähre.
Da, der in langer Bux, der Schlappjeh,
hat nix im Portemonnaie.

Weg da vom Fenster, Bratzen, und pliert nicht dauernd auf die Straße!
Bewegt euch nett!
Zeigt, was ihr könnt, und blast, ihr Halunken, Satans Brut zum Spaße,
den Grips zu Bett!

Jetzt, Nymphen, aufs Parkett!
Hoch die Röcke! zeigt die Maße!
Wedelt und hüpft, macht Ehre dem Inn! …
Tres bon! So haut das hin.

Gebt VADDER BERG zu trinken! Er spielt heut auch
zugleich den Maitre
und schwenkt den Stock:
Grasgrüne Hosen, gestreifte Weste, so steht er am Fenetre,
im Bratenrock …
Kuck! ein Kutscher springt vom Bock …
Sicher'n Graf, ein Fürst *peut-être*.
Auf setz die Brille! Eil dich, Marschall!
Eröffne jetzt den Ball.

Klatscht in die Hände, Brüder und Schwestern, laßt das Horn
scharmieren.
Kiek! Fräulein SPAAS!
Hellblaue Strümpfe, zartrosa Ballkleid, Rüschen und
Bordüren …
Und ganz nach Maß! …
Trinkt, Brüder, füllt das Glas!
Singt und denkt nicht ans Krepieren!
Schallert von Liebe, jubelt vom Glück.
Grüß Gott, mein bestes Stück!

ULLA ist da! Hurra! Macht ihr Platz! und Vadder BERG
verkünde:
Sie ist jetzt da!
Seht den Altar CUPIDINIS wandeln! Leitet sie geschwinde
und mit Trara
in die Basilika!
Schließt die Tür! Ans Faß, Gesinde!
Augen geputzt und Kehle genetzt!
Das Schönste kommt erst jetzt.

Epistel Nr. 12

Elegie auf eine Schlägerei in GRÖNA LUND*⁾

Spiel, Vadder BERG, ergeben!
Quetsch Trauer aus dem Rohr!
Was ich verlor,
das geht *a conto* Leben.
In mir gefriert das Bier!
Ich sterbe schier …
Kuck! unsre Tanzbaracke,
mit Busen einst bestückt –
so leer, daß man nicht eine Kakerlake
mehr darin erblickt.
Nie wieder tanzt hier JERGEN PUCKEL hoch auf Hacke
so verzückt …

Entdeckst nicht Tisch noch Tresen.
Der Pforte fehlt das Schloß.
Schnauf, altes Roß!
Wo Klirr und Klang gewesen –
nur Staub und leere Luft.
Es riecht nach Gruft.
Und wo, dort links vom Keller,
einmal dein Stammplatz war –
zwei halbe Stühle nur, ein Stückchen Teller
noch vom Inventar.
Ach, der Flötist bezieht hier nie mehr einen Heller
Honorar.

*) Berühmtes Ballhaus in Stockholm

Spür noch die Dielen schwanken
vom wilden Nahverkehr.
Kein Juchzer mehr.
Paar Bretter nur, paar Planken …
Der Schornstein morsch und krumm.
Bald kippt er um.
Die Scheiben eingeschlagen.
Der Wind harft in den Sparr'n.
Und wo Trompeten aus den Fenstern krähten,
Droschken sich und Karr'n
und Gäste nur so drängten – Fetzen von Tapeten,
Gras und Farn …

Vertragt euch, Brüder, alle!
Denn die Vernunft gebeut's.
Dem Schlag ins Kreuz
entgeht in keinem Falle,
der selbst als erster schlug.
BERG, Schluß … genug! …
Es kam durch Suff und Liebe,
die Schuld, die liegt bei mir!
An einem Korporal ward ich zum Diebe:
Erst stahl ich sein Bier
und dann, nun ja, die Braut. Bedank dich für die Hiebe,
Kavalier!

Epistel Nr. 13
an Bruder BREDSTRÖM

Sind wir jetzt vollzählig? Sind alle da?
Brüderchen PEHR? Ja! Auch BREDSTRÖM? Ist da.
BENJAMIN SCHWALBE? Wui-wui, Musjöh, ja.
Jawoll! alle da.
Kutscherkrijohle und Peitschengeknall.
Chaisen und Droschken, Tripptrapp und Krawall.
Herren und Damen – man drängt sich zum Ball …
Geziehr und Gefall.
Massen von Anverwandten,
Nymphen und Musikanten …
Legt jetzt los, mit Drall!
ANDERS WINGMARK nebst Madam,
BREDSTRÖM und ne Busenschwester
stoßen nach dem Festprogramm
erstmal an mit Trester.
Prost, ANDERS WINGMARK! Prost, prosit, zum Wohl!
Hej, Mamma OHLSSON! … Prost HANNA! Skål! Skål!
Prosit! Auf dero Gesundheit sowohl
wie das im Kamisol.

Da kommt der Richtige! Augen gen Ost!
Hej! – Vadder BERG mit der Tute voll Rost.
Joi, wie der schwitzt! wie der Appel im Most.
Den BERG hol der Rost!
Kommt doch mit Pumpstiebeln hier in den Saal,
einer Perücke, kaputt und halb kahl,
Halslatz aus Leder – von dazumal …
Ein Original! …

Knallvoll das Haus von Nymphen.
Waldhorn hör gröl'n und schimpfen …
HANNA – kuck! – aschfahl!
Fällt in Ohnmacht! Kinder … nein!
Auf das Mieder! Weg die Pelle
und hinein ein Glas voll Wein,
samt der Pimpinelle!
Prost, Bruder WINGMARK! du hast es geschafft.
Gärten wie diese erfordern den Saft.
Schau! wie das schöne Gemüse sich strafft.
In Flaschen steckt viel Kraft.

Hopp! JERGEN PUCKEL, den Hut in die Hand!
Steh nicht so krumm da! wie'n Sack an der Wand.
Mach deine Wippchen und springe, Bachant,
und zeig dich charmant!
Handschuhe schlenkernd, beweg deinen Ast!
Ahnst ja nicht, Kerl, was für Chancen du hast.
Mach dich an BREDSTRÖMS bewegliche Last!
der juckt schon der Bast.
Waldhorn ruft auf zum Tanze.
Hol sie dir! Geh aufs Ganze!
Hast sie ja schon fast …
Rauf und runter schwenke sie,
daß die Tempelsäulen zittern!
Bruder BREDSTRÖM vis à vis
kann das nicht erschüttern …
Waldhorn, Alarm! Mach Spektakel, mit Wucht!
JERGEN hängt jener schon tief in der Bucht.
BREDSTRÖM packt plötzlich – verflucht, hol's die Zucht –
denn doch die Eifersucht.

He, Bruder BREDSTRÖM, was ist denn mit dir?
stehst da so rum wie'n verstimmtes Klavier.
Trinken wir einen, ich kenn das von mir.
Drum rate ich dir:
Geh auf so Bälle mit Philosophie!
Kuck einfach weg oder zieh Jalousie.
Hähne und Sporen und Kikeriki –
das gibt's, *mon ami!*

All das ist ganz natürlich.
BERG spielt nur unmanierlich.
Legt ihn übers Knie! ...
Spinnst wohl wieder, altes Schaf?
Hau dir's Waldhorn vor die Quitte ...
Schwester BREDSTRÖM, tritt jetzt brav
an zur Polka, bitte! ...
Alles ist wieder im Lot wie bisher ...
JERGEN, du Lumpenstrumpf, Fuß bei Gewehr!
WINGMARK und BREDSTRÖM und HANNA, kommt her!
und du, Genosse PEHR.

Wo bleibt der Schnassel? ... Schlug's eben nicht eins?
Brandwache trommelt. Es brennt wo, so scheint's ...
Fräuleins, kuck! gähnen. Ich habe noch keins –
Und ist schon nach eins!
Sterne, noch eben blausilbern entfacht
über den Schären, verschluckt schon die Nacht.
Brauchte jetzt eine, die's gern mit mir macht,
mir stirbt – und erwacht.

Sterben – und doch nicht enden.
Leben und sich verschwenden
bis zur letzten Nacht ...
Hier bin ich – mein Bett steht dort.
Ach, CUPIDO sticht mich närrisch! ...
Alles macht sich langsam fort,
BREDSTRÖM zeigt sich störrisch.

BREDSTRÖM, Genosse, wo drückt denn der Schuh?
Bruder, der Düwel sieht aus fast wie du!
Trink einen Bittern, bestell ein Ragout!
Zu spät. Die Tür ist zu.

Epistel Nr. 14

an den Dichter WETZ.
Macht sich besonders gut mit gezupfter Baßgeige

Zupft ihr ORPHEUS-Knechte,
all ihr Musenspechte,
eure Leier!
Preiset mir APOLL!
Meine VENUS-Brüder,
hebt die müden Glieder,
all ihr Freier,
macht die Bude voll!
Komm, ergieß dich, Kannegießerschar!
Wünsch euch noch im weißen Säuferhaar
Kehlen tief und lapidar.

Baßviole klinge!
Hoch den Seidel schwinge,
Bruderleben!
halte dich bereit!
Komm uns jetzt mit Taten!

Deine Biersoldaten
stehn ergeben,
alle dir zur Seit.
Aus Liebfrauenmilch und Bienenseim,
Kümmel, Grog und Wein aus Rüdesheim,
Bruder WETZ, mach deinen Reim!

Dem vom HELIKONE
längst die Dichterkrone
zubedungen,
edler Musensohn,
alle Hochzeitskarmen,
deinem Hirn, dem warmen,
schön entsprungen –
wer verdient sie schon?

Heb dein Haupt und folge mir durchs Tor!
BACCHUS, wisse, steht dem Garten vor,
VENUS und ihr Damenflor.

In der heil'gen Laube
unter Krach, im Staube,
fließt die Labe.
VENUS selbst kredenzt!
Neben sanftem Runden
spendet man dem Kunden
BACCHI Gabe
täglich unbegrenzt.
Nie bisher versiegten hier die Quell'n.
Herrlich, Alter, blüh'n die Immortell'n.
Alles kannst du nachbestell'n.

Scheu nicht den Spektakel!
Wett macht diesen Makel
jener Schimmer,
der im Glase keimt.

Diese Siegelsonne,
diese Spiegelwonne,
die sich immer-
fort auf Tonne reimt.
Eitel Kunst aus deiner Feder fließt,
wenn du dir die Nase schön begießt
und so BACCHI Gunst genießt.

Wein muß dich durchfeuchten,
soll er dich erleuchten.
WETZ, nun wähle! …
Spiel mal was
auf der Baßviole …
Erst ein Schlückchen Bowle!
Deine Seele,
Dichter, braucht viel Naß.
VENUS winkt dir schon, und BACCHUS kräht.
Sollst mal sehn, wohin das Glück dich weht!
Trinke, trink dich groß, Poet!

Epistel Nr. 15

namentlich an den Schuster THEOPHIL, während dessen Verfolgung geschrieben zu Trost und Erbauung

Herzlich geliebter THEOPHIL,
du Pechscheißer erster Güte,
stehst nun in der Jahre Blüte,
zeigst schon Speck und Bauch.

Nennst dich mein Jünger – sei's nun auch!
Knie nieder und schluck den Segen!
Nimm den Meisterbrief entgegen
nach der Brüder Brauch.
Sei jeder Tag dir Sonntag,
ein jeder: blauer Montag,
jeder ein Schontag
und ein Festtag auch!

Innig geliebter THEOPHIL,
irr nie ab von BACCHI Wegen!
Stülp den Deckel auf den Brägen,
und dann geh auf Tour!
Stöckchen dabei und Taschenuhr,
und schmück dich mit Schlips und Kragen,
dann machst du – ich kann dir sagen! –
überall Figur …
So stelzt er los – gemessen,
als hätt er 'n Furz gefressen,
gleich nach dem Essen,
stolz wie ein Pandur.

Herzlich geliebter THEOPHIL,
getrost laß die Nase bluten!
BACCHUS stoppt dir schon die Fluten
mit nem Schnapsverband …
Finde dich ab damit, Bacchant!
Wer wird denn als solcher schlapp sein?
Mal muß ganz die Nase ab sein!
Irgend ein Sergeant –
auf einem Ball, ner Messe,
ratscht' sie dir aus der Fresse!
Trag's mit Noblesse.
Prost! mein Debütant.

Innig geliebter THEOPHIL,
ich muß deine laue Asche
hart verfolgen mit der Flasche,
feige Mißgestalt!
Kriegst sie von mir aufs Haupt geknallt,
auf daß dir der Schiß vergehe
und der Frohsinn auferstehe
und der Mut alsbald.
Die deine Kirschen pflücken,
dir auf die Bude rücken,
sollst du zerdrücken!
Mach die Stinker kalt!

Schlag sie übern Leisten, Kerl,
zur Pulle dann greif gelassen!
Schone keine der Grimassen,
keiner gib Pardon!
Fahre aus deinem Schuhkarton,
poliere dem Pack die Schnauze,
aber schütz dir selbst die Plauze
und das Medaillon!
Nüchternheit du verbanne!
Der Suff macht dich zum Manne.
Halte zur Kanne,
Lederfurz*garçon!*

Epistel Nr. 16

speziell an den Bierfiedler im KÖNIGLICHEN TIERGARTEN; klingt schön mit Oboe

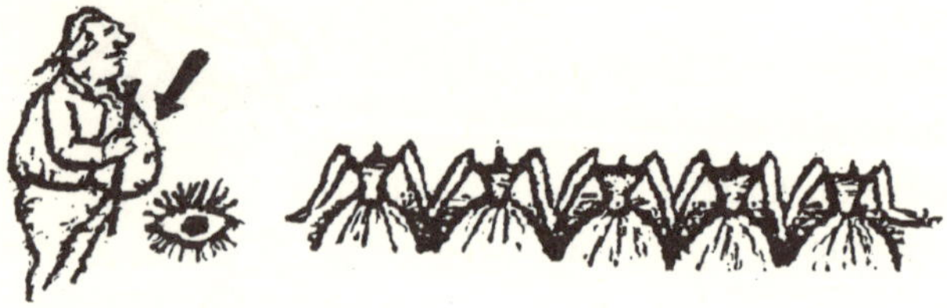

Vadder BERGSTRÖM, leg auf der Oboe los!
Mach's virtuos!
Laß den Kittel offen, daß wir drunter schön
die Wampe sehn.
Auf den Filz!
Blas! Was gilt's?
Nunmehr, liebe Brüder, fein mit Observanz
den Ring gestellt, *allez!* zum Tanz …

Auf dem Hügel, seht! serviert ein Kavalier
ein Gläschen Bier.
Schnellen Fußes trägt er's einer Schönen hin.
Der Schäferin
küßt galant
er die Hand …
Liebe Brüder, gehn auch wir jetzt frisch ans Faß,
und eingeschenkt! Und hoch das Glas!

Kuck mal! ORMENS Mädchen, CAJSA auch dabei,
die hübschen drei.
Bunte Röcke, weiße Schuhe … Hackenknall.
Wird das ein Ball!
Taillen, schmal –
ohne Zahl …
Liebe Brüder, reißt die Fenster auf nunmehr!
daß alle hören: Doll geht's her.

Der Friseur hat ausgetanzt! Postbote rein …
Und hoch das Bein!
Spiel jetzt *pianissimo!* … Seht dort die Fee,
dies *décolleté!*
Königlich
neigt sie sich …
Klatscht den Boten raus! Barbier ist wieder drin …
Oboe schwelgt, die Zeit geht hin.

Überall Kam'raden, wo wir gehn und stehn,
seht! Lust macht schön!
So geschieht's den Fischen, so dem Fink im Strauch,
den Käfern auch.
Gleiches Spiel –
gleiches Ziel!
Spielt und tanzt und trampelt, wackeln laßt den Bau! …
Was schlug's da eben? Zwölf, genau.

Epistel Nr. 17

an Schwester LISA

Schwestern, Bacchanten
und all ihr Bekannten,
kommt mit!
Pauke bumbummert
und jummert …
Schwenkt eure Mützen
und latscht durch die Pfützen,

vite, vite!
Himmel, so macht doch!
und lacht doch! …
Fühle mich schon
wie'n *king* aufm Thron.
Pauk, Pauker, pauke! Pauk, pauk, Patron!

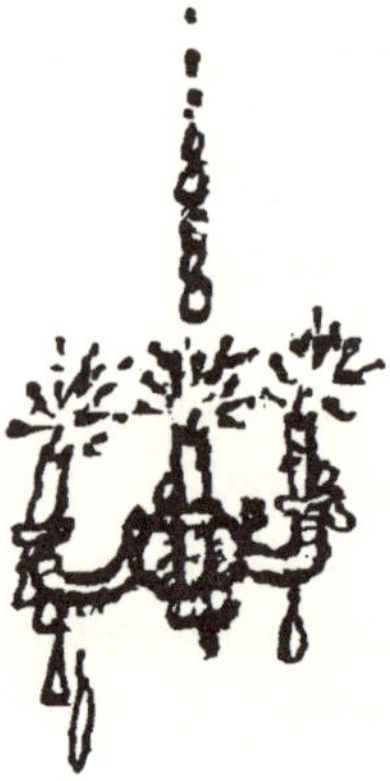

Lampen und Lichter,
nur frohe Gesichter
almost.
Gläsergeklirre,
Geschwirre …
Fächergewedel
und Mädel an Mädel …
Prost, prost!
Kellner sieh flitzen
und schwitzen.
Kuchen und Wein …
Ich lade euch ein!
Kuckt! JERGEN Puckel haut tüchtig rein.

Seht! wie er schnasselt,
die Damen bequasselt.
Er spricht
English getakelt
und kakelt,
ohne zu stocken,
französische Brocken,
der Wicht.
Strumpf weiß wie Kreide,
von Seide,
Rock violett.
Bukett am Jakett,
sucht er sich eine zum Menuett.

Herren und Kerle,
Vielliebchen und Perle,
auf geht's!
Gebt allem Jammer
den Hammer!
JERGEN, der schafft es –:
Ist voll süßen Saftes,
wie stets.
Hört den Hannaken
da quaken!
Bitte: Es klappt!
Hat ULLA geschnappt,
schiebt zum Parkett sie wie'n stolzer Abt.

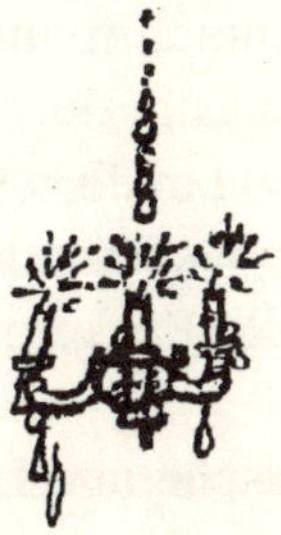

Knallende Pfropfen,
die Talglichter tropfen.
Verdammt!
Kleider versauen
den Frauen.
Laßt doch! die Freude
ist mehr wert als Seide
und Samt!
Such im Gedrängel
dir'n Engel,
der zu dir paßt!
In FREIAS Palast
wimmelt's von rosa und weißem Bast.

LISA mit Blicken
bezirzt einen dicken
Monsieur –
uraltes Laster
mit Zaster.
Kuck! wie sie rappelt,
sich windet und zappelt,

mon dieu!
Winkt ihm mit Locken
und Glocken,
sitzt bei dem Spaß
mit Fächer und Glas
JERGEN galant auf dem Schoß, das Aas!

Flaschen laßt purzeln!
Ich wollt, ich schlüg Wurzeln
im Faß!
Lust drückt die Klinke.
Ich trinke …
Betet nun alle
zur VENUS vom Balle:
Verpaß
jedem Kollegen
den Segen! …
Pauker, mach laut!
Seht! Haut schreit nach Haut.
Freier, greif zu! und du hast ne Braut.

Epistel Nr. 18

an die Schmorbrüder der Pinte TERRA NOVA in der Gaffelgasse

Schmorbrüder sitzen wie Glucken,
streichen die Bäuche und schlucken,
stecken ins Glas ihre Nase,

röhren von Busen und Base …
JERGEN PUCKEL, der kloppt mit der Piep
an seinen Pott, brüllt: Salamander!
Ex! und dann nehmen nach Bierbankprinzip
sie schwitzend die Welt auseinander.

Laut hört die Seidel man krachen,
gröhlen die Stemmer und lachen,
prosten auf *fuck* und Finanzen –
schunkeln sieh sie und tanzen!
Auf dem Tisch steht Herr SCHWALBE und schreit:
Das is a Danzplatz, prima! Brieder!
Krönt solchermaßen die Blödsinnigkeit,
die Nase so blau wie der Flieder.

Bierlachen wachsen indessen.
Knösel*), kuck! rauchen wie Essen.
Später, im Clairobscurlicht,
finden alle die Tür nicht.
Die Perücken verrrutschen und fall'n,
die Hosen lösen sich vom Träger …
Hand in Hand torkeln sie vorwärts und lall'n
und wanken so schräger und schräger.

Was ein Krijohl und Gepliere!
Allesamt ab durch die Türe!
Larven so grün wie die Itschen**) …
Aus! Gibt nix mehr zu pietschen.
JERGEN PUCKEL gröhlt: Her mit das Bier!
The devil fucken soll die Kreete!
Eine beschiß'ne Bedienung, das hier!
Jetzt geht's doch erst los mit der Fete!

*) Knösel: mdal. = Tabakpfeife
**) Itsche: mdal. = Frosch

JERGEN, mal eben ne Frage:
Hast du noch Kies für ne Lage? …
Preußische Gardesoldaten
zahlen die Zeche auf Raten!
Vivat, hoch, *boys,* es lebe die Queen
von Österreich! Ich bin ein Schwede!
Vive l'alliance und der Kaiser in Wien!
Verdammt, Kerl; war das eine Rede!

BENJAMIN SCHWALBE, das Bier kommt!
Staune! der Hund reagiert prompt.
Weint, wie es scheint unterm Stuhl leis
dicke Tränen aus SCHULTHEISS …
Schlapperment, *boys, that's* Trost *for the soul:*
Zum Wohle, Jungis! Prost, Genossen!
Wer jetzt nicht mithält, der falle vom Stuhl!
Wer stört, wird mit Bierfilz erschossen.

Epistel Nr. 19

an die Schwestern im KÖNIGLICHEN TIERGARTEN

Trommelmann trommelt –: Mädchen heraus!
Trommelt von Haus zu Haus.
Trommeln und Pfeifen, Busen und Schmeck*) …
Trommle die Kerls von Deck!
Herzliebe Brüder und Schwestern, schlagt auf euer Zelt!
Waffeln und Kuchen ins Grüne gestellt!

Tanzt unter Bäumen, wetzt durch den Klee!
zum Restaurant am See!

*) Schmeck: Landstreicherlatein = Schnaps, Alkohol

Grüß dich, Frau Wirtin, barfuß – *ça va?*
barfuß wie ich – *c'est ça …*
Rumdibum! Liebe und Schnassel und Standhaftigkeit –
das aber ist, was die Schönen erfreut!

Liebwerte Schwestern, auf! Menuett …
Trommel und Flageolett …
Herzliebe Brüder, vorwärts! *Pascholl!*
Rumdibum! Saugt euch voll!
Rumdibum! Rheinwein und Steinwein und *pisse d' Armagnac* !
Heißa! Matrosen, Matrossen und Pack …

Brüder, mit Anstand leeret das Faß!
Schwestern: *la bas!* ins Gras.
Schumm hat der Liebe Pfeile gespitzt.
Rumdibum! Jeder sitzt.
Bootsmann schassiert zur Kajüte, sein Mädel am Arm.
Trommelmann, rumdibum! Trommle Alarm!

Werte Frau Wirtin, Dank für den Schank!
und daß der Bums gelang.
Auch Vadder BERG – kuck, kuck! wie er grient –
hat seinen Schluck verdient.
Schluß jetzt! und lernt, aus dem Kelche den Honig zu ziehn!
Das war SANKT FREDMANS Epistel in Grün.

Epistel Nr. 20

an Vadder BERG und JERGEN PUCKEL

Kerl, was verdrießt dich?
Das Waldhorn, horch! begrüßt dich.
Klingt's nicht schön biestig? …
Jetzt, Vadder BERG, verehrtes Wrack,

blas zur Bataille!
Nun furz schon los, Kanaille! …
Taille an Taille …
Und JERGEN PUCKEL schwer auf Zack –:
weiße Handschuh, blauer Frack –
wieder, wie alle Male,
Clou im Saale.
Strohhut auf der Quitte.
Bitte –:
Jeder nach Geschmack!

Joi! wie er losfegt!
als BERG so richtig loslegt,
Sehnsüchte bloßlegt
bei Beiderwand und *Crêpe Georgette.*
JERGEN verbiegt sich.
Herr BERG ins Waldhorn schmiegt sich
tief und musikt sich
knallrot, dann blau und violett.
JERGEN macht jetzt auf kokett;
stopft sich im Tanz ne Pfeife,
zieht ne Schleife
und schiebt, emsig paffend,
gaffend
über das Parkett.

Auf Schnapses Wogen
kommt er dahergeflogen.
Kuck! hoch im Bogen
saust ihm vom Hals das Prachtjabot …
Korken hört fluppen!
Das Waldhorn rast im Schuppen …
Schaßt eure Puppen
von Süd nach Nord! mit Hussa-ho
quer durchs Haus ins Haferstroh! …

Fluch allem Lau'n und Laschen.
Bringt mir Flaschen!
zwölf in jedem Falle.
Alle
leer ich *subito* *).

Kippt schnell nen Kurzen!
Das Waldhorn, hört ihr's furzen?
Hübsche und Wurzen –
parterre liegt jetzt das Damenkorps!

Brüder im Bunde,
allez! nützt eure Stunde!
BERGS Maul, das wunde,
hängt schlaff bereits am Messingrohr …
BACCHUS, zieh den Vorhang vor! …

VENUS zerstört mein Leben.
Darum eben
ist der Lebensläufer
Säufer,
der sich hier verlor.

Epistel Nr. 21

in welcher er erstens die Nacht mit ihren Freuden abmalt und zweitens eine Art aequilibrium in des BACCHUS' und der VENUS' Allgewalt nachweisen möchte, wobei sich aber schließlich herausstellt, daß letztere das Übergewicht hat

Sterne verschwinden,
Wolken umwinden

*) subito: lat. = plötzlich, auf der Stelle

silbrig den Mond, und das Stürmen läßt nach.
Nebel umflocken
Türme und Glocken,
wallen und fallen auf Giebel und Dach.
Hofhunde bellen,
Flaschen zerschellen …
Lang mir vom Spind
jetzt die Viole!
Hör das Gejohle
unten am Hafen. Der Rummel beginnt.

Folg meiner Nase! …
spür's in der Blase,
wo man für mich eine Buddel bewahrt.
Hab ich dieselbe,
klemm ich die gelbe
Schrupp-Streichel-Zupfmarie unter den Bart!
Geige und stampfe,
hau in die Klampfe,
spiel auch mal *sweet* …
Solches Getöne
reizt manche Schöne,
daß sie sich gleich um mein' Schmeichas*) bemüht.

Alles das finde
ich wie der Blinde
nachts mit dem Stock – oft beneidet darob.
Hab nun Trompeten,
Schnassel und Flöten …

*) Schmeichas: rotwelsch = Penis

Kuck! Vadder BERG mit dem Filz auf dem Kopp …
Marsch! auf die Bohlen,
Sinne und Sohlen
wetz ich mir heiß.
Nichts ist so packend –:
ULLA tanzt nackend!
Rundum jetzt alle, rundum jetzt im Kreis!

Stimmung, Genossen!
Laden geschlossen!
Heißa! das Ding wird intern.
ULLA, kein Fisch jetzt …
Hopp! auf den Tisch jetzt!
Klein bißchen Schleier, so hat man es gern.
Solo für Flöte!
Tanz! mine Söte,
rühre den Stert!
Herren und Damen,
sagt dazu Amen!
daß sich erfüllt, was das Herze begehrt.

Jeder Betrübte,
ehdem Verliebte,
glücklos durch Eifersucht, Neid oder Zeit,
möge vergessen,
was er besessen –:
Hier hält FORTUNA ihr Füllhorn bereit!
Hier blüht der Mister
auf und vergißt er
seine Misere bei Tanz und Pokal,
findet ne Will'ge
bei der Quadrille,
scherbelt zu Bett sie – gleich überm Lokal.

Aber nicht jeder
will gleich ans Leder,
reiht sich nicht ein in das paphische Heer.
Er präludiert erst
sanft und spendiert erst
Stör und Likör und gewinnt um so mehr …
Alles bereit jetzt?
Fertig zum Streit jetzt!
schön mit Musike und Täterätät.
Zeigt wie Soldaten
mutige Taten!
Noch ist der Himmel mit Sternen besät.

Ran, ihr Bekenner!
Glotz nicht, du Penner!
Spiel noch ne Polka! Mann, sei nicht so faul!
Tanzt, ihr Halunken!
Aus nun getrunken!
Schlagt diesem BERG jetzt die Fiedel vors Maul!
Saufen und Toben
lasset uns loben!
Brüder, ich sag es als euer Kaplan.
Eh wir uns trennen,
laßt mich's bekennen:
VENUS regiert, hat es BACCHUS getan.

Epistel Nr. 22
an die Kolonisten in GRÖNA LUND*)

Die kostbarsten Gaben der spielenden Natur werden von dieser nicht selten ausgeschüttet unter dem sanftesten Himmel, wo die bleichgesichtigen Sterblichen ihre Wangen nicht mit jenem Purpur zu schmücken vermögen, wie ihn die prangenden Blumen in der Morgensonne versprühen.
Man sieht eine Schöne ihre Perlen in die rauschenden Fluten werfen. Sagte ich werfen? Allerdings mit schneeweißen Fingern, die in ihrem Glanz mit den Perlen des Orients wetteifern können. Und die Goldfische in CHINA, sie steigen empor in schwefelgelben Dämpfen aus preußischblauen Fischzäunen, welche mit rosarotem Troddelband befestigt sind. Was soll ich euch sagen! Die Schnitterscharen auf den Äckern in dem reichen INDIEN, in ihren kurzen, schimmernden Jäckchen, kaum können sie sich messen mit den veilchenblauen Silberähren, die sie mit ihren Karneolsensen schneiden. Trinkgefäße über murmelnden Quellen findet man im Kastaniengehölz hoch oben angebracht hinter kunstvoll gehäkelten Gardinen. Hirtinnen, gekleidet in Nopkin und Gingan, mit Sommerhüten aus Perlmutter, schaukeln auf Pommeranzenbäumen, mit ihren entzückenden Stimmen die Lüfte erfüllend. Dort kostet ein Glas von des Großmoguls Abendgesöff, vielliebe Brüder, zwölf Fünftel eines schwedischen Pimperlings. Und von dem kaiserlichen Ameisenbrandy, mit dem man dort die fremden

*) Den doppelten Boden dieser Epistel nachzuzimmern, entzieht sich meiner Möglichkeit. Vermute auch in der Bloßlegung der historischen Fakten keinen sonderlichen Gewinn für den deutschen Leser und gebe den Text so wieder, wie ihn der Dichter seinen Zeitgenossen zum Jux verschlüsselt hat. Soviel nur: Es handelt sich bei diesem völlig freistehenden Song um eine „geschickt verkleidete Anspielung auf die neuen Interessenten“ einer zeitweilig stillgelegten „Stockholmer Werft“ (Bordell) – „China“ und „Indien“ deuten auf eine derzeitige Modeströmung hin.

Gesandten verabschiedet, herzliebe Brüder, bekommst du fürn Sechser so viel eingetrichtert, daß du vermeinst:

Buddel dreht sich und Destille.
Halt dich wacker! du bist knille.
Kaiser nur auf seiner Rille
hockt dort an der Kasse.
Huile de VENUS und Apricot –
sowas wächst wild dort in Masse.

Das dürfte ja wohl, meine Verehrtesten, der Deibel sein, in höchst eigener Person!

Sitzt in feuerroter Jacke,
hat ne Windel voll mit Kacke,
alles prostet zu dem Sacke,
zieht den Kalabreser.
Dieser putzt dann schadenfroh
mit seiner Windel die Gläser.

Liebwerte Brüder! Die kostbarsten Gaben der spielenden Natur werden häufig auch heute noch ausgeschüttet. Prost! Darauf laßt uns anstoßen!

Epistel Nr. 23

enthält FREDMANS Monolog in der Gosse vor der Kneipe KRYP-IN (d. h. Krieche – hinein) gegenüber der Reichsbank zu Stockholm, in einer Sommernacht des Jahres 1768

Mutter, wer hat dich damals verfrachtet
grad in des Vaters Bett?
wo meinen Lebensfunken ihr entfachtet

gründlich und honett.
Aus deiner Lage
rührt meine Plage,
diesen Trott zu gehn.
Für das Vergnügen,
bei ihm zu liegen,
mußte ich entstehn.
Hütetest mangelhaft
deine Jungfernschaft/
deine Jungfernschaft!

Pfui auf dein Brautbett! Fluch der Matratze!
Fluch noch dem Hochzeitswein!
Fluch deinem Lächeln, deiner süßen Fratze –
Vater fiel drauf rein.
Fluch dem Versprechen,
niemals zu brechen
deinen Eheeid!
Fluch deiner Treue –
warst in der Bläue
überall bereit
zu meinem Schöpfungsgang –
selbst auf ner Küchenbank/
selbst auf ner Küchenbank.

Ein treues Herze – daß ich nicht kotze!
Das ist der Treue Lohn:
Da liege ich im Rinnstein und beglotze
meine Konfektion.
Schuhe –: zwei Schlappen,
Anzug –: ein Lappen,
Hemde –: frisch geteert.
In der Perücke
Bienen wie Stücke –
fast schon sehenswert.

Läßt sich kein Aas beknien,
mich hier rauszuziehn/
mich hier rauszuziehn?

Seht diese Hand an! dürr wie ne Schindel.
Ach! und der Arm – wie ab.
Ich bin ein welker Strunk, ein Nervenbündel
und schon reif fürs Grab –:
Nase zerdroschen,
Augen erloschen.
Hin ist aller Spaß,
Lieder zu dichten
und zu berichten,
was das Herz besaß –:
Liebe und Liebesqual
und den Weinpokal/
und den Weinpokal.

Netz mir die Zunge, nahe dich Traube!
Labe mich, süßer Trost!
Ich bin ein Heide, Wein – das ist mein Glaube,
mein Gebet heißt Prost.
Arm und versoffen –
siehe! doch offen
harrt die Kehle mein.
Noch im Verderben
– kommt es zum Sterben –
fülle ich ihn ein.
Laß in der letzten Stund
nicht das Glas vom Mund/
nicht das Glas vom Mund.

Hör da was klappen, hör da was klinken.
Das ist die Kneipentür!
Kuck! wie die Sterne bleich im Grau versinken,

oben, über dir …
Ist noch kein Gast hier?
Streichelt den Bast mir
Frühwind schon recht lau …
Hut auf! ich fliege
abwärts die Stiege
in den Bacchusbau.
Zieh mir ein Glas an Land –:
Hab ich einen Brand/
hab ich einen Brand!

Torkle zur Theke, taumle zur Kanne.
Muß mich ermannen jetzt.
Das steht mal fest, daß ich mich jetzt ermanne.
Also: angesetzt!
Prost! alter Knabe,
schmier dir die Wabe!
Öle deinen Schrott!
Schon bläst die Flasche
Glut aus der Asche.
Strahl ich nicht wie'n Gott?
Dank, Vater, Mutter, Dank!
Dank ein Leben lang/
Dank ein Leben lang.

Dank und ein Prosit euch und der Brautstatt!
Auch eurer Treue Lob!
Dank noch der Hand, die einst das Bett gebaut hat
und den Hobel schob.
Dank der Tonnage
deiner Courage,
Vater, bin ich hier.
Träf ich dich wieder,
wären wir Brüder –
söffen beide wir.

Gäb alle tausend Jahr
kaum solch Brüderpaar/
kaum solch Brüderpaar!

Epistel Nr. 24

an die liebwerte Schankmutter vom Lokal ZUR BRAUNEN TÜR*)

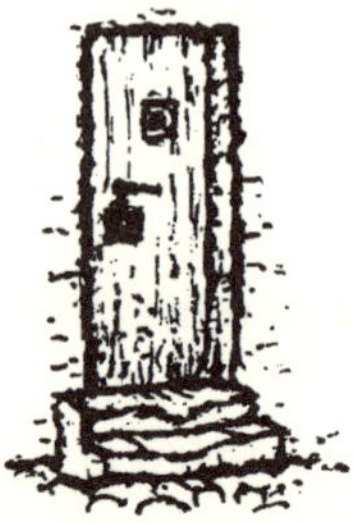

Schwester, gute,
ich vermute,
mit mir ist es gleich vorbei!
Hör drum meinen letzten Schrei:
Schwachbier geht nur in die Schäfte.
Doppelbräu gibt doppelt Kräfte,
Schnapsangst hat mich übermannt!
Stehe hart am Grabesrand,
bibbernd vor der Schattenhand –
ein verachteter Bacchant.
Schwester, gute,
darum spute
dich, spendier mir schnell ein Glas!
Und dann beiße ich ins Gras.
Hör den Knochen-
mann schon pochen.
Laß
mich jetzt nicht im Stich!
Wer den Tod gerochen,
Schwester, der braucht eine wie dich!

Alle wissen:
So beschissen

*) BRAUNE TÜR, eine Art Absteige

stand der Kurs noch nie bisher!
Branntwein gibt es bald nicht mehr.
Doch die Zeit nicht fern wird liegen,
wo wir ihn in Fudern kriegen –
leider ohne mich, Marie …
Eine neue Dynastie
junger Schlecker schlabbert sie.
Schwester, wie beneid ich die …
Abgerissen
und verbissen
schlepp ich mein Skelett daher,
saufe alle Pinten leer,
suche, stake,
schreie, quake:
Mehr!
Kinder, konserviert
mich in Branntweinlake,
wie es meinem Stande gebührt.

Schwestern, liebe,
wenn ich übe
mich im Totsein, und ihr trinkt –:
mir speziell ein Prost erbringt!
Singt von Liebesglück und -plagen,
singt, wie wir den Durst verjagen,
wie im Wein die Wonne zirpt,
wenn darin der Gram verdirbt
und wie, wer am Suffe stirbt,
doch das Paradies erwirbt …
Schwesternriege,
ich verfüge:
BRAUNE TÜR wird zugeknallt!
Komme ich als Geist gewallt,
hart geblieben,
meine Lieben!

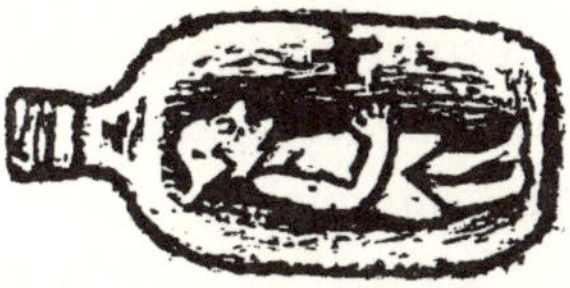

Halt!
Laßt mich erstmal rein!
Bin doch noch nicht drüben.
Also los! Nun schenk mir schon ein!

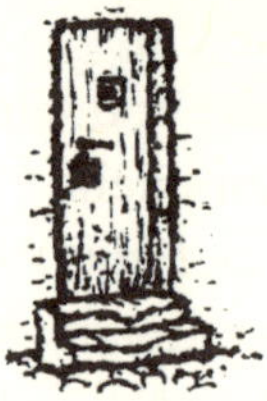

Epistel Nr. 25

oder der Versuch zu einem Pastorale im bacchantischen Geschmack; gedichtet während ULLA WINBLADS Überfahrt zum TIERGARTEN

Blast mit den Tuten
zum Donner der Fluten
Ovation!
VENUS schubst den guten
NEPTUN vom Thron.
Auftaucht, Tritonen,
bejubelt, Millionen,
FREIA hier!
Huldigt, Prozessionen
der See, nun ihr!
VENUS – seht an die Pracht!
Neben ihr halten Wacht
Engel, Zephire, Delphine und PAPHOS' ganze Macht.
Nymphen plätschern rings im Meer
umher.

Möven umgirren
und Brassen umschwirren
wild den Tross.
Wassergeister schirren
ihr Wogenroß.
Wolken zerreißen,
die Stürme verschleißen,

Wind schläft ein.
Hell mit Glitz und Gleißen
lacht Sonnenschein.
VENUS regiert die Welt!
Seht! wie sie Einzug hält,
nackt auf der Muschel, der schimmernden, unterm Rosenzelt.
Ein Triton pullt sie gewandt
an Land.

Lärmen und Lachen …
Die Dreschflegel krachen.
Erntezeit …
Drunten in den Brachen
der Kiebitz schreit.
Fuchs folgt der Fähe,
der Kakert*) der Krähe –
husch! zum Nest.
PAN, auf spitzer Zehe,
lugt durchs Geäst.
Schrill seine Flöte hallt.
Hirsch forkelt Hirsch im Wald …
Hier zieht's die Göttin hin, hier unter Bäumen liegt sie bald
dem PHILEMON hautnah-warm
im Arm.

VENUS, ach, lenke
zu unserer Schenke
schnell dein Boot!
Freude zum Getränke
tut allen not.
Brüder im Bunde –:
das Glas jetzt vom Schlunde,
Saufschwadron!

*) Kakert: mdal. = männliche Krähe

Blast Salut, ihr Hunde!
Da kommt sie schon!
Seht ULLA WINBLAD nahn –:
schaukelnd im Äppelkahn!
Du sollst uns VENUS sein, dir, ULLA, sind wir untertan.
Hier ist PAPHOS. Komm, beschau's!
Steig aus!

In diesem Garten
stehn AMORS Standarten,
da herrscht nur er.
Preist auch ihn, den smarten
Herzgouverneur!
Singt zum Exempel
das Liedchen vom Stempel
im dunklen Moos,
dort vor FREIAS Tempel …
Nu legt mal los!
Singt eins vom Jungfernkrieg,
wo man bei Bumsmusik
Nacht für Nacht Bräute macht unter Gerangel und Gequiek –
was ein Weib, wie sehr sich's wehrt,
nur ehrt.

Komm ins Kabüffchen,
bück dich, mein Schiffchen![*)]
Keine Angst!
Kriegst in dem Püffchen,
was du verlangst.
Kuck in die Runde!
Sich selbst bester Kunde:
Vadder BERG …
Bläst sich noch zugrunde,

[*)] Schiffche(n): rotwelsch = Bettliebchen

der Riesenzwerg.
Schäferin, schönste, schau –:
Dies ist PALEMONS Bau.
Hier kannst du Hirten sehn, Herden von Hirten, blitzeblau,
Schäfer ohne Schaf, gottdamm!
und Lamm.

Tusch jetzt, Kapelle!
für meine Gazelle
Tausendschön.
Königin der Bälle,
laß dich besehn!
Schickste Garderobe,
die nobelste Robe,
Crêpe Georgette!
ULLA – ihr zum Lobe
haut ins Spinett!
Tanz! tanz wie eh und je!
Öffne dein Dekolleté!
Springt dir das Herz aus dem Leibe? Es springt nicht, *mon bébé*.
Keuch nur! dreh dich unentwegt!
Es schlägt.

Legt eure Kallen,
so rate ich allen,
brav ins Gras!
Lieder laßt erschallen
und hoch das Glas!
Hüpft wie die Trolle
und zupft euch die Wolle –
noch ist es Zeit.
Leert das Faß, das volle,
der Lustbarkeit! …
Bräute und Räusche sind
süß wie der Sommerwind.

Augen, die winken, zwei Brüsten, die blinken, folget blind!
Dies, so lehre euch mein Song,
ist bong!

Epistel Nr. 26

betrifft die Schankmutter BERG, aber auch LOTTA aus der KOLMÄTAR-Gasse und was durch letztere geschah

Wo ist dein Streichbrett? wo, min Söhn?
Mamma, da hinten muß es wo stehn.
Willst du was hör'n?
Es tät mich nicht stör'n.
Dreh da den Kübel um, nimm Platz! ...
Moment, paß auf! nur'n kleiner Satz.
MOVITZ, fang an! ich höre.
Flennt mir doch da die Göhre!
Hast wohl Angst, Kerl, machst alle? Das war ja wohl'n Ding!
Laß mal sehen, wie tief der Hirschfänger ging! ...
Fünfmal gab mir der Sergeant was aufs Fell.
Auch in den Arm hier – zum Wohl mal ganz schnell! –
stach mich das Schwein
und zweimal ins Bein ...
Gleich und sofort
bloß um ein Wort!
Sollte dem Hund was spielen – tat's aber nicht.
Hatt' alle Fünfe gleich im Gesicht.

Wann, sag mal, war das? War der blau?
Nachts, Mamma, wann – ich weiß nicht genau.
Spiele C-Moll
– na klar, war der voll –
er setzt mir'n Schlag genau aufs Dach,
lacht sich eins weg, und gleich danach
gibt mir die miese Tresse
noch einen in die Fresse
wegen meiner Beziehung zur Tochter vom *chief*.
Und da kommt die. Ich sage: LOTTA, gib Knief!
Kneiper im Hemde kommt gleichfalls gerannt.
Schmiert dem doch eine, der Hund von Sergeant!
In dem Radau
erscheint dessen Frau,
latscht ihrem Spucht
eine mit Wucht.

Lacht der Sergeant sich schlapp, das gottlose Schwein.
Ich hab verschissen jetzt bei den zwein.

Laß, Mamma, schweig! Ich bin ein Wrack.
Hol doch die Pest das Kolmätarpack!
Arm blitzeblau,
ein Schenkel zur Sau,
Hüfte verstaucht; die Hand tut weh.
Wenn ich nur kaum die Schraube dreh,
knacken darin die Knochen.
Ich bin kaputt auf Wochen!
Kuck mal! da am Gelenk, dieser schreckliche Ball'n …
und das Pflaster ist mir ins Streichbrett gefall'n.
Bogen im Eimer, das Roßhaar wie Stroh,
LOTTA ist weg samt dem Branntwein und so …
Das ist kein Flachs:
Mein Herz hat'n Knacks!
Die mir den gab,
schaufelt mein Grab.

Weißt ja doch selbst, was die an mir mal besaß.
Mit einem Bullen geht jetzt das Aas.

Epistel Nr. 27

enthält FREDMANS letzte Gedanken

Kerl, du bist alt! Dein Uhrwerk zerfällt.
Noch schafft der Zeiger seine Runde …
Neben mein Glas hat der Tod seins gestellt.
Mit dem Sand verrinnt meine Stunde.
Noch strahl'n dem Durstigen SONNE und STERN*).
Dunkeler träuft nun, dem Scherze fern,
MOVITZ, das Lied mir vom Munde.

Lieblicher Busen, reizender Schoß –
lange dahin, was einst sich schenkte
Vater zur Lust und dem Sohne das Los
bitt'ren Abschiednehmens verhängte.
Schlafen nun beide. Zum Wohl! liebstes Paar.
Sing, MOVITZ, sing! wie ums Herz mir war,
als in die Gruft man sie senkte.

Taumelnder Schatten, ein hitziger Sinn,
branntweinumflort auf seinem Trabe,
filzig die Zunge von Fusel und Gin –:
aus der Väter Holz auch der Knabe!

*) Sonne und Stern, zugleich Namen zweier Kneipen

FREIA und BACCHUS durchsonnten ihr Laub.
Mische drum, MOVITZ, auch meinen Staub
mit dem der Ahnen im Grabe.

Epistel Nr. 28

über eine polizeiliche Verfolgung auf offener Straße

Ich sah dich in der Schmiedegasse,
mon cher bébé.
Das ganze Mädchen Schick und Rasse,
von Kopf bis Zeh.
Das Jäckchen stramm, mit Schnur und Perle,
und ein Rock – letzter Schrei!
Dir folgten zwei behelmte Kerle,
die Polizei.

Du eiltest – blasse Angst im Nacken …
Ich muß gestehn:
Die Tränen auf den roten Backen –
auch das war schön.
Man weiß, daß Frauen viel erreichen
mit geschluchztem Schmerz,
und Tränen allemal erweichen
ein Männerherz.

Sie griffen zu, dich zu entführen –
wie ein Stück Vieh.
Dein Antlitz konnte Steine rühren –
nicht aber die.
Sie zerrten dich – da riß die Taille.
Auch in dir riß was ein!
Du wurdest plötzlich zur Kanaille
und schön gemein.

Will Staatsgewalt die Liebe schänden –
was soll man tun?
Du gabst es ihnen mit den Händen
und mit den Schuhn.
Geschlagen sind die Schlotterhosen.
Was kann jetzt noch geschehn?
Der Polizeichef bringt dir Rosen –
du wirst es sehn!

Vergiß die Kränkung dieser Hunde
und tu wie eh
du deinen Dienst in FREIAS Runde,
mon cher bébé!
Du bist geschaffen, Lust zu schenken –
also tu deine Pflicht!
Du brauchst die Augen nicht zu senken,
vor denen nicht.

Epistel Nr. 29

an die Vornehmen

MOVITZ, schaff deinen Krempel
auf das Podest im Tempel!
Pauk wie'n Teutone!
Rums wie Kanone!
Klang – plang! Klang – plang!

Hau auf den Jummerstuken!
Sperrt auf alle Luken!
Hier führt der FREIA
Weg in die Heia.
Klang – plang! Klang – plang!
Nymphen mit Fächern, schau! wedeln Kühlung sich zu …
Trommle brav, Filou!
Wirf auch ab und zu
nen Blick auf die Roben, die schönen, im Saal.
Herren, *mon dieu,* und echte! in stattlicher Zahl.
Hochnoble Schuh und Strümpfe – die Gangart feudal.
Puder im
Sire-Ponim.
Hüte feinster Sorte:
Biber, goldne Borte –
phänomenal!

Fräuleins teils lächelnd stöhnen,
teils auch leicht fröstelnd gähnen.
Hau auf die Kuhhaut!
Denk, wer da zuschaut!
Klang – plang! Klang – plang!
Überall: Euer Gnaden,
Français nur im Laden …
Munter, Rabauke,
hau auf die Pauke!
Klang – plang! Klang – plang!
Comment se trouve, ma belle? Oui, fort bien, ma soeur! …
Wirbel, Tusch! *mon frère,*
steure den Verkehr! …
Mal ran mit den Krapfen und ran mit Likör! …
Grafen in Gala schassen die Schönen – gib Acht!
wie sie es machen, lächelnd und fein mit Bedacht.
Raffiniert
okkupiert,

werden zu Komtessen
unsre kleinen Kessen
für eine Nacht.

Horch! wie die Flöten spuren.
Brillant, die Tanzfiguren!
Schwelgt, ihr Bassisten!
Melkt eure Kisten!
Klang – plang! Klang – plang! …

Geigen das Ohr berücken,
Popöchen entzücken.
Pauker baut Trümpfe …
Weint da ne Nymphe?
Klang – plang! Klang – plang!
Warum weint unsre Nymphe? Was ist denn mit ihr?
Ach, ihr Kavalier
tauschte das Revier,
hat eine charmantere Fee im Visier.
Zornig fetzt sich das Fräulein ins Ballkleid ein Leck,
reißt ab das Halsband, schmeißt das Bukett in den Dreck.
Hör sie schrei'n:
Wie gemein!
Kein Verlaß auf Kerle.
Kommt so eine Schmerle –
schon ist er weg!

Epistel Nr. 30

an Vadder MOVITZ, als er mit der Schwindsucht zu Bett lag; Elegie

Trink aus dein Glas! Der Tod steht auf der Schwelle.
Wetzt seine Sense laut und wahrnehmbar.
Fürchte dich nicht! Er tritt nur auf der Stelle.
Winke ihm ab! Du machst es noch ein Jahr.
Schwindsucht wird dich in die Grube geleiten.
Stimm jetzt die Saiten!
Singe vom Leben! sing, wie schön es war!

So gelb die Haut! die Wangen rötlich-fleckig.
Zeig mal die Hand! die Adern lila-prall …
Ach, und die Brust! So flach, so schmal, so eckig!
Schweißüberströmt liegst du in diesem Stall.
MOVITZ, dein Blut rinnt so schwer durch die Venen.
Singe vom Schönen!
Hier, nimm die Flasche! … Hilft auf jeden Fall.

Mein Gott! du stirbst? Dein Husten macht mich frieren.
Klingt fast, als wär' dein Körper innen hohl.
Pelzig die Zunge, Herzschlag kaum zu spüren.
Sehnen und Muskeln schwammig-weich und mohl.
Atme mal! Mann-o-Mann! stinkt deine Asche!
Leih mir die Flasche! …
Sing was vom Bacchus, sing! und dir wird wohl.

Sah'n deinen Tod wir nicht im frohen Kreise,
bei Lied und Lachen beinah unverwandt
dir durch die Gurgel rinnen – eimerweise?
Branntwein, mein Junge, hat dich leergebrannt.
Nun brennen nurmehr die Augen, die braunen,
und die Kaldaunen.
Sag nochmal prosit! … Prosit, prost, Bacchant!

Na, also prost! Freund BACCHUS läßt dich grüßen.
Zum Abschied dir auch VENUS lächelnd winkt.
Ihr letztes Lob mußt du mit Blut begießen,
das jetzt gewaltig dir zum Herzen dringt.
Sing und vergiß und denk nach – such ein Tröstchen.
Willst' nochmal Pröstchen? …
Oder gleich sterben? … Nein, nicht unbedingt.

Epistel Nr. 31

über MOVITZ, wie er in einer Sommernacht des Jahres 1769 auf der Gasse Senge bezog und ihm daselbst die Quinte sprang

Ja, MOVITZ, bist du's, der da wimmert?
So blutig-verschwollen, mein Gott!
Daß sich dein Malheur nicht verschlimmert –:
tritt näher! Dies ist kein Kaschot.
Hier grüßen dich Freunde und Gönner,
verschließt sich dir niemals die Tür.
Pong – pongtuli, pongtuli. Hier
verehrt dich der Kenner.

Zum Wohle! Halbpart diese Tasse!
Auch das hält die Freundschaft parat:
echt DANZIGER GOLDWASSER, Klasse! …
Gleich grienst du mit zwanzig Karat.
Du hast doch kein Fieber? – Von was d'n? …
Dann rat ich dir, laß' lieber sein:

Pong – pongtuli, pongtu … Gemein,
mich noch zu verasten!

Was ist mit dem Auge? Kapores?…
Die Pfoten vom Pflaster weg, Mann! …
Schon mal, auf dem Ball bei dem Zores*),
ich warnte dich: Gib nicht so an! –
da kam schon der Schemel geflogen …
Nun quatsch nicht, rück raus jetzt den Schluck!
Pong – pongtuli, pongtuli. Spuck
mir bloß nicht so'n Bogen!

Schütt aus doch dein Herz und erzähle!
Wer drosch dich so jämmerlich blau?
Wer machte dich selbst zur Garnele
und deine Perücke zur Sau?
Ja, konntest du dich denn nicht wehren?
Du warst wohl am Ende zu schwach? …
Pong – pongtuli, pongtuli. Ach,
ich will dir's erklären.

Am Achtzehnten Achten des Jahres
– Moment mal, ich weiß nicht genau –
kann sein, auch am Zwanzigsten war es,
der Tag war teils kühl und teils lau …
Du weißt ja doch, so ist das Leben:
mal rauf und mal runter – na ja …
Pong – pongtuli, pongtuli … da
passiert sowas eben.

War duster inzwischen wie Esse.
Da kam so ein Schiffchen, wo's lohnt.
Ich fragte sie nach der Adresse.

*) Zores: rotwelsch = Gesindel

Sie sagte auch gleich, wo sie wohnt.
Da unten, du weißt, bei den Schenken.
Figürchen *très bon,* alles dran!
Pong – pongtuli, pongtuli. Dann ...
Na, kannst dir ja denken!

Die Bratsche geschultert, die gelbe –
avanti! Sie nimmt mich in Schlepp ...
Wir landen in einem Gewölbe.
Kaum eben sortier ich den Krepp –:
Trapp, trapp! kommt ein baumlanger Stenz an,
schnauft los wie der Eber im Wald.
Pong – pongtuli, pongtuli. Halt!
krakeelt der Kaventsmann.

Die Griffel mal raus aus den Zweigen!
Schon saß mir die Faust am Ballon ...
Du Hund sollst uns lieber was geigen!
Schwapp! wieder was vor den Karton ...
Nu wird's bald! – Ich schrapte ergeben.
Und er legte Hand an den Titt.
Pong – pongtuli, pongtu ... Ich litt
wie selten im Leben.

Ich fiedelte, während er geigte
und stand ihm noch Schmiere im Gang.
Bis endlich die Streichmarie streikte.
Die Quinte, die Quinte zersprang!
Da ging er mit mir zu Gerichte
und schlug mir die Rübe da mohl*),
Pong – pongtuli, pongtuli. Skål!
Das war die Geschichte.

*) Mohl: mdal. = angestoßen, faulig

Auch dies ist vielleicht von Int'resse:
Nicht, daß man das Girl mir nicht ließ –
ich kriegte noch mehr in die Fresse,
geschweige denn Lob oder Kies.
Das Schlimmste: die beiden ernannten
– und das war der schrecklichste Stich –
Pong – pongtuli, pongtuli … mich
zum Bierfiedelanten!

Epistel Nr. 32

in welcher Vadder MOVITZ mit einem Schiff verglichen wird

Ohne dein Glas, alter Schärenhalunke,
siehst du wie ne morsche Barke aus im Sturm,
die ohne Kompaß in tosender Tunke
hilflos treibt, besetzt von Muschel, Moos und Wurm.
Mastbaum, na klar! das ist dein Fiedelbogen,
Hemd ist das Segel, und das Meer – riecht nach Gin.
Kneipe und Inn,
das sind die Klippen drin.

Du bist die ewige Schmuggelschebecke,
die an schroffen Küsten kreuzt und zäh laviert,
enterst den Stoff in der windigsten Ecke!
Tausend Tonnen Brandy hast du requiriert.
Ich bin NEPTUN, der Segel drischt und Wogen,
und diese Lilienpinte –: Das ist der Kai,
Wirtin, owei! –
gewiß ein fetter Hai.

Nur nichts für ungut! Hier hast du die Buddel.
Schiff, ahoi! Fahr zu, durch Brandung und Orkan.
Weißt, daß dem Tod du entgegenbraust, Kuddel,
denn nicht lange mehr, dann sinkt dein Branntweinkahn.
Doch Reeder BACCHUS liebt auch deine Seele,
schickt dir ein Rettungsboot aus seinem Convoi …
Trink ohne Reu!
Sauf! und sauf ab, ahoi!

Epistel Nr. 33

betrifft einmal MOVITZ' Überfahrt zum TIERGARTEN und zum anderen DIE KEUSCHE SUSANNA, alias ULLA WINBLAD

What's that? Platz da an der Ruderbrücke. Weg hier,
Bierfiedler, Schuhputzer, Zollbanditen, Seesäcke! …

Haha! Hängt den Heringsschwanz ins Bierglas! …
Trumpf auf den Tisch! …
Hol Mul, olle Lusche! …
Streichhölzer! Streichhölzer, fünf Schachteln fürn Sechser …

Trumpf auf den Tisch! Ich halte mit Achten …
Rape dik opp, *soldier!* …

Hier wird alles aufn Kopp gestellt! Schlag Purzelbäume in der Bude mit Madam – die Pampelmusen unten und die Hamsterfalle oben und die Wäsche – im Spind! …

Aus dem Weg, Kohlenschipper, Waschweiber, Milchstrunschen! …
Die Nyländer mit den Kaffeekränzen um den Hals bescheißen euch bloß! …
Prost! Genehmigen wir uns einen! …

Holt MOVITZ her mit der Baßgeige! Macht euch nicht so breit, ihr Sprottenpacker, Rotznasen, Tailacher, Ellenreiter, Vogelfänger! Verdufte! Auf- oder Unterseher oder wat für ne Sorte Brückenkacker du büs …

Bitte, stell doch den blinden Leiermann da wieder auf die Beine! …

Nicht so drängeln! … Gebt ihm eins vors Freßbrett! …

Laß doch mal den goldbeklebten Chef mit dem Bären ran, die Polka tanzen … Na, sowas! Kiek den an, SUSANNA! einer mit'm Affen auf der Schulter! und'm Dudelsack vorm Hals! …

Haut auf die Pauke! Lustigmacher, tanzt, die Beine nach oben!
Jungis, los! Raus mit dem Boden aus der Tonne!
Trumpf auf den Tisch! …
Haltet den Dieb! …

Seiner Majestät Furzfänger tut zehn Eier in den Pott. Acht auf ne Jungfernschaft, zwei auf den Jockey …

Treff ist Trumpf! …
MOVITZ ist da! …
Acht und acht sind sechzehn, vier dazu macht
siebzehn für mich …
Eicheln raus!
Sechs und sechs ist zwölf! …
Herzdame sagste, haste? …
Hast gewonnen! …

MOVITZ, Mensch, wie siehst'n du aus? Die Perücke kenn ich doch? Ist dem Pechdraht seine, dem aus der Kolmätargasse, der Pinte WISMAR gegenüber. Hat sie sich gepumpt …

Nu mal los! Huck die Baßgeige auf! Tulpe an den Hut, Waldhorn untern Arm, Buddel in die Tasche …

Hopp, ins Boot! …

Was meint der Gemüsekäpten da, der deutsche, mit dem vielen Gold am Hals und dem Affen aufm Ast? …

Le diable, il porte son violon, oui, par dessus l'épaule comme le Suisse porte la hallebarde …

Jetzt probiert er's Waldhorn! Prutt, prutt, prutt …

Ach, *you stupid devil! Understands* von *music so much like a cow* von Kompaß! … MOVITZ, *brother,* hier, *some cherries for you!* …

Komm ins Boot, SUSANNA! Paß auf deinen Füllkorb auf! Spring runter! Schwesterherzchen, mit deinen schicken Handschuhn und dem Netzbeutel …

Wo kommt sie'n her?

Vom Wäschemangeln …
Zieht durch! zieht durch! zieht durch!
Wohin geht's eigentlich?
Zur Werft.
Le diable, oh que non …

There justament, *where I show, where the little man,* der Soldat, *is sitting* mit den *yellow* Buxen und dem blanken Achtern mit dem Stift …

No, non, non, non, ce n' est pas là!
Allright! Yes! Tiergarten.
Oui, Tiergarten, *oui,* Tiergarten, *oui* doch, zum Teufel!
Meister NILS' Wirtshaus …
Juste.

An der Brücke den, den macht mal fertig, den Kneiper! Steht da und beschimpft'n Musikanten!

Ah, il a peur d'être battu. Fripon!
Halunke! Drecksack! Halunke!
Zu Meister NILS?
Oui, que diable t'emporte! …
Wieso? Das verstehe ich nicht …

Entschuldigen Sie! das ist alles Unsinn. Er sagt nur, der Kläger, daß er mehrfach seine Bezahlung gefordert habe, der andere aber drauf nicht eingegangen sei und ihm fortwährend mit Schmähworten geantwortet habe …

Hurra! Stoßt ins Waldhorn! SUSANNA singt. Die Winde spielen lau, und die Wogen schaukeln uns besoffen … Musik!

Stolze Stadt,
hab dich satt

mit deinem Klamauk,
dem Trubel und Gepauk,
Schloß mitsamt Politik …
MOVITZ, mach schön Musik!
Bötchen fliegt,
sanft gewiegt,
vorbei an ner Brigg, die hier vor Anker liegt.
Bald dahin
wird sie ziehn
nach Cadix und Dublin.

Bär, magst du Nüsse?
Vorsicht! Nicht so nah an die Tiere!
Still! Unsere Nymphe singt. Zephir begleitet ihren Gesang!

Königs Schloß –
ein Koloß!
Kannst stolz ihn und schön
gen Himmel ragen sehn.
Finster, schau! dort im Tal
dräut das Kriegsarsenal.
Gleich dabei
die Bastei
mit Flaggen und Zinnen, Mordgewehr und Blei.
Horch! vom Wall:
Donnerhall.
Kanonen überall.

Die Wogen blitzen und schimmern. Wie angenehm die kühle Brise! …
Schlechte Laune, MOVITZ?
Prost!

Kuck! am Ufer dort, uns schräg gegenüber – was für hübsche Bilder das Wasser malt, blaugelbe und grüne, vor dem Rauf und Runter der wippenden Steven, der schwarzen. Und von da drüben: pausenlos das Klingklang der Hämmer … Da, rechter Hand, kuck! auf dem Hügel: ein griechischer Tempel. Masten mit flatternden Wimpeln.

Die Sonne badet, die Glocken läuten, die Trommeln dröhnen, die Fahnen knattern, die Pieken blitzen, und über allem das Glockenspiel …

Den Pfropfen aus der Flasche!

MOVITZ, schmeiß den Hut in den See, die Perücke hinterher und umarme die Welt mit dem Schnapsglas! …

Musik! Hört auf zu rudern. Singe, SUSANNA!

ULLA strahlt –
wie gemalt,
den Hut in der Hand
mit rosarotem Band.
Sommerkleid eng geschnürt,
Ausschnitt hübsch raffiniert.
Schön wie eh,
stramm wie je!
Im Sprung aus dem Bötchen reißt ihr – *mon dieu* –
auf das Kleid
ziemlich weit.
Das ist was für die Leut!

Rangelei …
Laßt mich frei!
hört ULLA man groll'n,
hatt' nur zum Schlachter woll'n,
und nun sitze ich hier.
Macht denn das was, *my dear?*

Kommst schon an,
irgendwann …
Was haste denn da für hübsche Röschen dran?
Pfoten weg,
du Besteck!
Sonst springe ich von Deck.

Epistel Nr. 34

an MOVITZ, als ihm die Bude in der Kolmätargasse abbrannte

MOVITZ, Alter, nicht verzagen,
wenn auch die Klabache brennt.
Tür und Fenster eingeschlagen –
was ein Elend, Sakrament!
Feuerwache rührt die Bakel,
und die Glocke macht Krawall.
Überall
Lärm und Spektakel,
Feurio und Wasserschwall.

Rathausturm ragt aus dem Feuer
glührot in die Dunkelheit.
In nem Schober gibt ein Freier
zwei Matratzen Grund zum Streit.
Kuck! aus einer Mauerschrunde
springt in elegantem Satz
eine Katz;

kläffende Hunde
ihr gleich nach in wilder Hatz.

Balken krachen, Pumpen quarren,
Karrengäule werden wild.
Ziegel poltern durch die Sparren.
Selbst der alte Mälar brüllt.
Mannschaft naht, mit Helm und Litzen.
Links, zwei, drei! Noch schnell gluckgluck!
und hauruck –
ran an die Spritzen!
Auch der Puff dort kommt in Druck.

Dieses Dreckloch nennt sich Gasse.
Auch bei Tag wird's da nicht hell.
Eine Kneipe letzter Klasse
und ein billiges Bordell.
Hinterm Fenster ein paar Nutten –
eine zwinkert, winkt und lacht.
Jede Nacht
gibt's um die Kutten
eine Art von Straßenschlacht.

Schlampekübel stehn und stinken
auf ner Karre himmelan.
Siehst du dort die Funzeln blinken?
Gleich dahinter grunzt ein Mann.
Keinen Pfennig in der Tasche
und gesoffen noch und noch.
Gebt dem doch
eins mit der Flasche!
Stopft ihn in ein Kellerloch!

Finde sich zurecht hier einer
zwischen Feuer, Dampf und Rauch!

Hier ist SODOM, zwar viel kleiner,
aber schaurig ist es auch.
Überall der Pfahl im Fleische –:
Diebsgeflüster, Schnapsgesang,
Schwof und Zank,
Weibergekreische …
Hier wohnt MOVITZ mittenmang.

Alter, kuck! dein Schild – noch hängt es …
Greif getrost zum Bettelstab.
Lächelnd ruht dein sanft-gekränktes
Auge auf dem Flammengrab.
Lange wirst du's nicht mehr machen –:
Schwindsucht, abgebrannt, allein.
Armes Schwein!
Bruder, im Nachen
CHARONS schon mit einem Bein.

Lache, MOVITZ! In den Pfützen
liegt ein Stückchen Obrigkeit:
ihre Roben, ihre Mützen.
Flamme frißt ihr Gold vom Kleid.
Denke, was sie dich mal können …
Nimm der Büttel Zorn in Kauf!
Alter, sauf!
Nur nicht noch flennen!
Prost! und gleich ein Priemchen drauf.

Spring und hol die Baßviole!
ist sie auch schon angebrannt.
Den bequemen Lehnstuhl hole.
Auch den Kasten zieh an Land
nebst der Flöte, der bedrohten.
Häng das Waldhorn vor den Bauch.
Schluck den Rauch …

Denk an die Noten –
an die Mausefalle auch!

Wie ÄNEAS aus den Bränden,
MOVITZ, stürzt du aus dem Haus,
nichts als Rauch in beiden Händen.
Nichts, rein gar nichts bringst du raus.
Die Perücke brennt wie Zunder,
und die Flammen prasseln wüst.
Wasser fließt
dir aus dem Plunder,
und die Welt ist dir vermiest.

Hänge nicht am Erdenglücke!
Diese goldne Nuß ist leer.
Einem Bettler mit der Krücke
fällt der Abschied halb so schwer.
MOVITZ, häng dich darum klüglich
an den nächsten besten Spund!
Schluck nur! und
du schläfst vorzüglich
zwischen Hund und Vagabund.

Epistel Nr. 35

ANNA GRETA, seine Schöne betreffend und ihre Unbeständigkeit

Manchmal verfehlt schon ein Bruder das Glas –
doch niemals verfehlt er die Pinte.
Da ist die Quelle, denn da steht das Faß …
Trinken wir also noch eins!
Überall tapern die armen zum Spund,
rütteln an Türen, klabastern und scharren,

schlagen sich blutig und fallen sich wund –
und Kummer ist immer der Grund.
Vadder MOVITZ, schenk ein! schenk ein!
Mein Mädchen, die Schneppe, ließ mich sitzen.
Da hilft dann eins nur, eins ganz allein –:
schon morgens knille zu sein.

Brüder krakeelen um Karten und Stich,
sie schwören auf Seidel und Kanne,
lassen sich vollaufen bis übern Strich,
greifen auch plötzlich zum Knief.
Stundenlang würfeln sie, kloppen sie Skat,
prahlen nur, quasseln und tun diskerieren
över dä Kau ähren Swanz in'n Spinat,
stinkt's auch dem Wirt im Quadrat …
Gebt mir Feuer und füllt mir nach! …
Das Luder geht hart mir an die Nieren.
Immer ist die Erinnerung wach,
und ohne Sprit bin ich schwach.

Hab sie mit Ketten und Ringen behängt –
den Bankert, den gab ich in Pflege;
kaum war er tot, noch am Sarge ertränkt'
mit dem Bestatter den Schmerz.
Hundertmal hab ich die Pelle riskiert,
schwamm der Patrouille sie nachts in die Netze,
Haare gelassen, die Knochen sortiert
und doch die Polypen blamiert …
Frei mich machen? Ja, aber wie?

Ich hasse und liebe diese Metze.
Himmel, ich stecke diesmal wie nie
im Leim der Melancholie.

Gieß mir noch mehr ein! Ich brauche jetzt Kraft.
Kann sein, daß der Saft mich mobil macht.
Flenne ich erst, ist das Ärgste geschafft.
Langsam verebbt schon der Schmerz.
Hab meine Fünfzig nun bald auf dem Bast,
kenne mich aus von Schumm bis Burgunder –
gestern hat einer mir'n Schnäpschen verpasst,
das schlug wie der Blitz in den Mast.
Zwei, drei Tropfen von dem, *mon cher,*
aufs Herzchen geträufelt – das wirkt Wunder.
Weg ist total dein *mal de coeur* …
Verflucht! Das Glas ist schon leer.

Dauernd verfolgt mich die seidige Haut,
der Glanz ihrer Augen … Die Pumpe
macht plötzlich schlapp, und ich denke: *it's out!*
Helfen nicht Kümmel noch Korn …
Mann! diese Brüste! Ein Himmel der Lust!
VENUS verschaukelt mich, hält mich zum Narren.
Alles nur Nebel, ein rosiger Dust
und liegt wie ein Stein auf der Brust.
ANNA GRETA, jetzt langt es mir!
Sie werden mich nicht zum Friedhof karren.
Geh doch zum Henker! Ich bleibe hier …
He, Kellner! 'n Schnaps und ein Bier!

Epistel Nr. 36
betrifft ULLA WINBLADS Verhaftung

Die ULLA lag im Bette und schlief,
kein Wimpernhärchen zuckte …
Der Kneiper draußen bückte sich tief
vors Schlüsselloch und kuckte.
Unten in der Wirtschaft war
Ebbe auf sämtlichen Tassen.
Unbedient saß da die Schar
der durstigen Grimassen.
Scharf wie'n Hahn indessen strich
um ULLAS Bett der Klunter*),
lüpfte das Plumeau und schlich
dann schmunzelnd wieder runter.
ULLA schniefte,
fror und hiefte
sich das Deckbett übers Ohr,
hob die Lider –
ratzte wieder
weiter wie zuvor.

Ein Regenbogen hing überm Land
und umgekehrt im Tümpel.
Im Bauer, das im Fensterchen stand,
pfiff laut des Kneipers Gimpel.
Kam ein kleiner Windstoß an,

*) Klunter: niederd. = Knallkopp, Blödmann, urspr. Kotklümpchen

ließ beide Klappläden krachen …
ULLA zuckte und begann,
allmählich aufzuwachen.
Wälzte sich und stöhnte so,
als ging es ihr ans Leben,
kratzte sich den Prachtpopo
und gähnte gottergeben.
Lachte, ankte,
und dann langte
sie sich Unterrock und Schuh,
knöpfte, knippte,
stand und wippte
und band hinten zu.

Nachdem sie sich den Busen besprengt
und rot bemalt das Schnütchen,
die Perlen an die Ohren gehängt,
garnierte sie ihr Hütchen.
Wie durch VENUS überall
Sorgen in Wollust zerfließen,
daß wir jeden Sündenfall
erwartungsvoll begrüßen –
so der Kneiper, der jetzt kam,
vor Geilheit kaum zu hemmen,
als er halbnackt *notre dame*
die Locken sah sich kämmen.
Schank und Umsatz
war'n dem Dummbatz
schnurz mitsamt der Existenz,
Debitoren,
Kreditoren,
Lenz und Insolvenz.

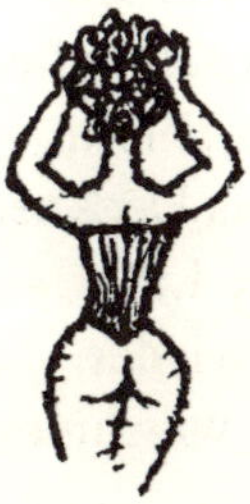

In Puderwolken um ULLAS Haar
drei Amoretten flogen.

CYTHERA sang, daß sich wunderbar
von selbst die Locken bogen.
Eine Putte brachte ihr
Schminke in silbernem Tiegel,
Rosenwasser ein Zephir,
ein zweiter hielt den Spiegel.
Alle waren sie bemüht
um ULLAS Oberfläche.
Unsern Wirt befiel rapid
ne angenehme Schwäche.
Diese schöne
Kammerszene
fuhr ihm lieblich, Blick um Blick,
in die Kniee,
und mit Mühe
hielt er sich zurück.

Ein Baby-Taint, ein Lächeln dazu –
bestürzend diese Brüste!
Das läßt dir Tag und Nacht keine Ruh –
bis an die schwarze Kiste.
Hättest sonstwen umgebracht –
nur solcher Augen wegen.
All das hat Natur erdacht,
das Mannsbild lahmzulegen.

Klappt sie auf dies Strahlerpaar,
gleich zittern dir die Flossen,
schließt es diese POTIPHAR,
stehst du wie angeschossen!
Diese Stimme,
herrlich schlimme,
gibt dir voll und ganz den Rest;
die Durchdringung
ihrer Schwingung
stellt der Kneiper fest.

Der Schluckspecht war erst völlig durchweg,
das Herz im Hals ihm hüpfte,
als ULLA er mit blödem Heckmeck
ums Bein das Strumpfband knüpfte.
Zog die Schuh ihr an und aus,
putzte drauf rum wie besessen,
ohne seinen Augenschmaus
darüber zu vergessen.
ULLA um den Hals sich wand
ein Tuch, ein gelbkariertes,
und verdeckte so charmant
schon sattsam Aufgeführtes.
Ihre Locken
auf die Glocken
rannen … Oh! Und hinten war
ausgereiftes
Rotgestreiftes,
rund und lapidar!

Die Süße, jetzt im Tüllunterrock,
sprang aufgekratzt und munter,
klick-klack, hopp-hopp, vom oberen Stock
ins Gästezimmer runter,
titschte einen Bärenfang,
machte sich dann an die Fladen …
BACCHUS aus der Buddel sprang,
und VENUS stand im Laden.
Da miteins ging's andersrum;
nicht ein Gesicht blieb faltig.
Freiheit, Glück und Gaudium
wuchsen urgewaltig!
Reicher Specker,
armer Hecker,
einig, sangen laut im Chor:
So ein Eden

gab's in Schweden
niemals je zuvor!

Doch, Himmel! Plötzlich Disharmonie!
Man fiel aus allen Wolken –:
Vier Mann hoch stand die Gendarmerie
im Haus, wie rangemolken,
schwer bewaffnet und mit Strick …
Vier krumme, herzlose Hähne*)
stürzten mit Berserkerblick
sich wild auf unsre Schöne.
ULLA wurde abgeführt
im Lärm der Opponenten.
Und dann standen tiefgerührt
sie alle da und flennten.
Vor dem Tresen,
bei dem Besen,
lag zebrochen ULLAS Glas …
So zerspringen,
so verklingen
Freude, Lust und Spaß.

Adieu, ma chère! APOLLO gab mir
die Fähigkeit zu singen.
So mag mein Lied statt deiner denn hier
uns wärmen und durchdringen.
Doch auf AMORS Weiden soll
Zymbel und Harfe dich preisen
und der Nachwuchs ehrfurchtsvoll
dir Submission erweisen.
Zieh den grauen Kittel an
und kleb ergeben Tüten.
Lies die Bibel dann und wann!

*) Polizisten waren meist ausgediente Soldaten und Invaliden

und Gott wird dich behüten.
Eines Tages
– Zeit vermag es –
VENUS schenkt dir wieder Glück.
Von der Schwelle
deiner Zelle
bringt sie dich zurück.

Epistel Nr. 37

stellt MOLLBERG als Posten im KÖNIGLICHEN LUSTGARTEN vor

MOLLBERG, hab acht, Kerl! Stillstann! vor dem Tor.
Deinem Vorgesetzten melde gehorsam …
Stehst als ne Puppe in vollem Dekor,
wie uns strammer keine vors Tor kam.
Prächtig dein Helm in Messing gefaßt,
gleißt mit dem Bajonett um die Wette.
weißer als weiß strahlt deine Stieflette.
Tapfer umkreist du des Königs Palast.

Bruder, dein Aussehn verrät mir ein Blut,
totschlagsfroh und stets bereit zu Gewalten.
Nennst dich Soldat, bist als solcher auch gut,
doch hast du die Schnauze zu halten …
Seht mit dem Kuhfuß*) staken exakt,
breitmäulig ihn, ein schweres Kaliber,

*) Kuhfuß: Soldatensprache = Gewehr

Halsbinde schwarz, Perücke darüber,
sauber nach Vorschrift gerollt und gelackt.
Hinterm Staketenzaun, was ein Geschwärm!
zwischen Hecken, Beeten, all den Rondellen,
Bücklinge, Knickse, Gelächter und Lärm
zum Geplätscher künstlicher Quellen.
Stolz hier und dort, in teurem Habit,
siehst du lustwandeln höhere Schichten,
hörst das Gekläg von traurigen Wichten,
findest auch Höker mit Trödel und Schitt.

Schau! wie hier FLORA ihr Reich offenbart:
Farbmusik auf allen Klaviaturen.
Kuck! da am Gatter! die Gärtner in Fahrt,
beim Beschnitt der Buchsbaumskulpturen.
Nelken, Päonien, Fluten von Grün ...
Hinter dem Saumbeet, schau! Ornamente,
Muster aus Blumen, maßvoll-dezente.
Überall Schönes. Ein Duften und Blühn.

Blick in die Tiefe des Gartens hinein!
Hinter allen diesen grünenden Bauten
ORPHEUS jetzt huldigt der FLORA allein
hier mit Flöten, Cymbeln und Lauten.
Wo man sich früher manches Mal traf,
großen Solisten Lorbeer zu reichen,
ruht der Monarch*) im Schatten der Eichen
aus von den Schlachten in ewigem Schlaf.

Kuck mal! der Kämpe, halbrechts auf der Bank,
selbstbewußt und massig – knickt grad ne Lilie ...,
mächtige Stiefel, viel Gold im Behang,
beim Begründen einer Familie ...

*) Der Monarch: Karl XII

Auf einer andern, dort unterm Baum,
hockt einer matt, wie'n sterbender Zeisig,
grient vor sich hin, ist nicht mehr ganz bei sich.
Pflanzen und Schranzen berühren ihn kaum.

Haltung! Ein Schloßbote kommt da gerannt,
hinter ihm, als ging's um Leben und Ehre,
eine Karosse, mit Halbblut bespannt,
rattatá – in voller Karriere.
Klirrende Hufe, Kutscherfalsett ...
Vorn zwei Lakeien, hinten drei Lackel –
einer, mit Turban, schwingt eine Fackel,
wabbelnd in Wichtigkeit alle und Fett.

Aussteigt in Gala mit Orden und Stern
ein schon recht bejahrter, hoher Minister.
MOLLBERG fliegt ran, *totalement* subaltern,
schreit: Gewehrrr! und kloppt seinen Püster.
Folgt noch ein zweiter Repräsentant,
schneidig in Schale, Litze in Massen,
drahtig, frischfröhlich, gnädig-gelassen,
hebt er die edelsteinfunkelnde Hand.

Was ein Gebuckel, ein Aufwand, ein Staub!
Kuck! die Schnorrer, Händler, Arschmusikanten,
scheeläugig, durstig und wurstig und taub
und die Masse braver Passanten!
BERGSTRÖM, kiek an! knallrot und gebeugt,
quält im Gedränge auch seine Tute,
während ein anderer Bumsbotokute
Krach mit zwei Deckeln aus Messing erzeugt.

MOLLBERG, vorm Tod einst in schrecklicher Schlacht,
unterm Zeughaus, hier, gedenke der Ahnen!
Uns wird das Totenkleid einmal gemacht

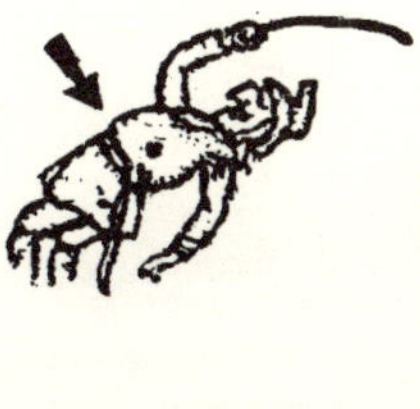

aus zerfetzten blutigen Fahnen.
Hängen soll hier dein Säbel, beflort,
schartig und krumm von grausen Affären,
nebst deinem Hemde, grau nun in Ehren,
mit jenem Loch, das die Kugel gebohrt.

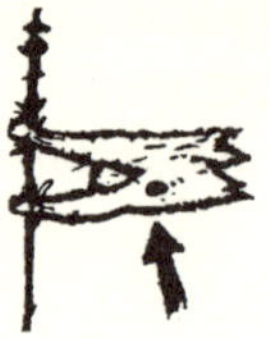

Prost, Alter! Wohlsein! Was schlug's, Kamerad?
Achtmal von JACOBI … Schon ganz hübsch düster …
Kein bißchen Angst? Was heißt Angst? Ein Soldat
macht sie andern mit seinem Püster! …
Das Gewehr über! Ab das Gewehr!
Ablösung vor! Entladet Musketen!
Abzählen! Rührt euch! Weg jetzt getreten!
Was zeigt die Bolle? Halb elf ungefähr.

Epistel Nr. 38

betrifft MOLLBERG bei der Leichenparade zu Korporal BOMANS Beerdigung

Weg, aus dem Wege, schreit der Profos, wie'n harscher Recke,
schwingt seine Goldaxt und drängt und knufft nicht zart …
Der Leichenzug kommt um die Ecke,
vornweg der Pfeifer, ein Mondgesicht mit Bart.
Hinter der Pauke
setzt Herr MOLLBERG, wohlgestalt,
Mauke vor Mauke.
Ruft: Marsch! und: Halt!

Sieh doch den Pajas! Haut wie ein Irrer auf das Leder.
Folgt einer, der mit zwei Deckeln Lärm erregt,
ne Lyra quält ein dritter Blöder.
Außerdem furzt noch ein Waldhorn unentwegt.
Schließlich schlägt einer
einen Herdring gegen Blech,
ein dicker Kleiner,
so doof wie frech.

MOLLBERG, hallo! Kuck! da latscht er hin, stinkblau mal wieder,
qualläugig, stur, aber stramm und erzmobil,
ihm nach die anderen Seifensieder:

LÖWE und LACHS und HANSWURST und
DONNERKIEL*).
Bald rügt er prüfend
Koppelsitz und Schnurverspann,
bald ruft er schniefend:
Auf Vordermann!

Nick ihm doch zu, Mutter, siehst doch, wie er schmachtend
dauernd uns zunickt. Jetzt lüftet er den Hut,
dabei exakt den Takt beachtend:
eins und zwei, eins und zwei – zackig, wie'n Rekrut.
Hemd frischgewaschen,
die Perücke –: elegant,
neu die Gamaschen
und Trauerband.

Aus einer Luke schaut schluchzend DALBERGS CAJSA runter,
tränengedunsen, in ihrem schwarzen Kleid.
Vorm Haus spielt einer Harfe drunter,
und auf der Fiedel, der Wirt da, schrapt sein Leid.
Schwarz wie ne Nonne
steht die Witwe, schwer in Schumm,
neben der Tonne
und kippt nicht um.

Wem gilt der Aufzug? Kamrad, wer starb in dieser Gasse?
Korporal BOMAN, an Wasser ging er ein.
Herr WINGMARK dort, der schwarze, blasse,
der war sein Busenfreund, Kompagnon beim Wein.
Neben dem Schniefer
schwanken BREDSTRÖM, sein Kumpan,
EDE, der Küfer,
und der Kaplan.

*) Spitznamen von Kneipwirten

Orgelbalgtreter und Wächter vom Katrinenturme,
Wirt von KRYP-IN, Chef von SODOM, alle gebt
ihr das Geleit dem Erdenwurme.
Schade, daß dieser es selbst nicht mehr erlebt ...
Wache zur Stelle! ...
Gönnen wir ihm seine Ruh!
Spiele, Kapelle!
Nun schaufelt zu!

Korporal BOMAN ... Ihm nun entsanken Glas und Degen ...
'S gibt ihn nicht mehr, er ist tot. Uns bleibt der Schmerz.
Das letzte Mal strich noch verwegen
er sich den Bart in BRUN DÖRREN*), Ende März.
Weiber und Schenken ...
Leben, ach, wie schnell verweht's!
BOMANS Gedenken,
bewahrt es stets!

Seid ihr besoffen? Steht da wie hingeschissen heuer! ...
Richt' euch! schreit MOLLBERG, und ladet das Gewehr!
Legt an! Die Trommel marsch! Gebt Feuer!
Rührt euch, Kamraden ... Das ging ja ungefähr ...
Wißt: BOMANS Taten
klingen fort von Schank zu Schank ...
Freunde, Soldaten,
habt alle Dank!

*) Brun dörren = Braune Tür

Epistel Nr. 39

u. a. über das Porträt der BERGSTRÖMSCHEN, gemalt im Gasthaus TRE LILJOR zu TORSHÄLLA

Sturm und Wogen schlafen ein,
und mit rosa-mattem Schein
zeigt sich schon ein vages
Licht des jungen Tages.

Wolken streichen,
Nebel weichen;
lieblich, bei dem ersten, bleichen

Sonnenstrahl, der Wiesenduft
mischt sich mit der Morgenluft.
Hör die Winde sausen!
Eich und Esche brausen …
Birkhuhn flattert,

Ente schnattert,
Bauernkarr'n zum Acker rattert …
In unsrem Herd
prasselt's und knurrt's,
Flamme verzehrt
Reisig und Wurz.
Seht! schon blubbt der Brei, der steife …
Strubbelhaarig kommt
Nachbar Kätner prompt,
holt sich Feuer für die Pfeife.

Draußen, auf nem Stein,
sitzt ein armes Schwein,
schaufelt Karo trocken ein.

Kneipwirt, scheint's, noch ziemlich blau,
tritt verschlafen aus dem Bau.
Schon in aller Frühe
tankt er neue Brühe;
zeigt dem Flachse

junger Dachse
lachend seine Hinterachse.
Auch die Alte auf dem Karr'n
schert ihr Spotten einen Schmarr'n.
Dösig an die Luke
führt sie ihre Kruke.
Will zum Wochen-
markt, malochen.
Sonne wärmt die alten Knochen …
Mühle und Schank,
Haxe und Pad,
kommen in Gang,
Hammer und Rad.

Kuck! der Schmied in seinem Schuppen,
nackend obenrum,
klopft ein Eisen krumm,
rot umtanzt von Feuerschnuppen.
Zwischen Glut und Sand,
Zurre in der Hand,
singt dabei der Protestant.

Warm und nun schon angenehm
spielt der Wind im Diadem
FLORAS; alle Blüten
öffnen ihre Tüten.
Frohes Sprießen
und Genießen
unter Düften, sommersüßen …

Schwarzblau dunkelt nun der Wald.
Schatten, lila und kobalt,
stehen gegen Seiden-
grün der satten Weiden.

Schafe, Ziegen,
bunte Fliegen,

Kühe, die im Grase liegen …
Hirt spricht mit Hund …
Fernes Gequiek
und bis zum Sund
Lerchenmusik …
Was bewirkt in Wald und Flur,
heiter schaffend und
malend, zart und bunt,
hier nicht alles die Natur!
So mit Lust erfüllt,
steht, zur Tat gewillt,
MOVITZ auf und malt ein Bild.

Madam BERGSTRÖM – halt dich fest!
Haube auf dem Flechtennest,
lächeld heiter, wolkenlos …
Brustbukett und Mops im Schoß …

Schirm aus Seide,
Ohrgeschmeide …
Eine solche Augenweide
bietet kein Panoptikum.
Dies Gemälde haut mich um.
Kuck! ein Schönheitspflaster
als ein Hauch von Laster.
Unterm Flunsche
dieser Strunsche:
dreißig Zentimeter Schlunsche!
Folgt das *château,*
weiß wie aus Schmalz.
Hängt wie'n Popo
unter dem Hals.
Ja, das ist die Lilienwirtin,
wie sie sich gefällt.
Aber warum hält
einen Hahn am Schwanz die Hirtin?

Dieses Exemplar
stellt Herrn BERGSTRÖM dar –
den gibt's auch noch, offenbar.

Epistel Nr. 40

berichtet von der Hochzeit im Hause BENSVARVAR (d. h. Knochendrechsler)

Laß mich ins Hochzeitshaus, du Schwein,
sonst kriegst du eins verbraten!
Scheißgedrängel!
Weg den Schwengel! …
Den laß noch rein,
den Nachbar, unsern Paten,
doch, Soldaten*),
keinen weiter!
Schlagt in Scheiter,

*) Es war üblich damals, militärisch eingekleidete Festgarden aufzustellen, den Andrang ungebetener Gäste abzuwehren

was da randaliert!
Stürzt euch auf die Wänster,
wollen sie durchs Fenster!
Habt ihr kapiert? …
Gottverdammt! Was ist passiert?

Der Schornstein brennt! der Schornstein brennt! …
Freund MOVITZ ist verschwunden!
Mußte kübeln …
In den Zwiebeln
liegt er und pennt.
Habt ihr ihn da gefunden?
Schön zerschunden!
Laßt den Deppen
rüberschleppen,
setzt ihn aufs Klosett!
und vertreibt die Meute
ohne Rücksicht, Leute,
mit Bajonett.
Wozu gibt's ein Lazarett?

Ein Glück! die Kaupe ist noch voll …
Schau einer auf dem Klo nach! …
Dieser Plunder,
morsch wie Zunder,
brennt rein wie doll …
Paar Eimer auf das Strohdach!
Steigt aufs Klodach! …
Stoßt ins Horn jetzt!
Kuckt! da vorn jetzt,
Kinder, kommt die Braut
mit der Blaskapelle.
Zart wie Mortadelle
und rosig schaut
VENUS ihr aus Tüll und Haut.

Der Festmarschall ist immer weg,
saust rum wie eine Biene.
Er hofiert bald,
kontrolliert bald
Stuhl und Besteck.
Jetzt führt mit Hoheitsmiene
und Routine
er zur Feier
die im Schleier
in den Hochzeitssaal –
wie in der Antike,
festlich mit Musike …
Der Korporal
hält sich knapp noch vertikal.

Die Dame, die am Daumen kaut,
mit Zähnen kaum im Munde,
diese Wamme
ist die Mamme
unserer Braut …
Schafft Wasser ran, ihr Hunde! …
Tafelrunde,
schluck die Qualle!
sie ist malle.
Gebt ihr Schmeck und Mampf …
Hör den Dachstuhl krachen!
WINGMARK, fertigmachen!
Allez, zum Kampf!
Mach dem Löschkommando Dampf!

Der Bräut'gamvater, hochzeitsfein,
mit Sproß und Troß behangen
– Gossenputten,
Hafennutten –
trifft endlich ein.
Von der Musik empfangen,
kommt gegangen
der Padrone
mit dem Sohne
eben durch das Tor …
Haltet jetzt die Fressen!
Paster liest gemessen
im Korridor
Streifen aus der Bibel vor.

Musik klingt auf – doch er verdammt
dergleichen eitle Klänge
als Gelüste,
das dem Riste
Satans entstammt,
auch Tanz und Kleidgepränge,
laut und strenge.
Da, gewaltsam,
unaufhaltsam
in den Bußheckmeck
fährt das Waldhorn heiter
und dem Bibelstreiter
durch Fell und Speck.
Bleibt ihm glatt die Spucke weg.

Der Braut riß wer den Schleier ein.
Sie heult grad wie meschugge,
als der Pfaffe
die Karaffe
reicht mit dem Wein.

Sind nur noch ein paar Schlucke
für die Tucke.
Auch ist Sense
für die Gänse.
Während's oben brennt,
will der ganze Haufen
unten was zu saufen …
Potzelement!
schreit der Superintendent.

So kommt's zur Prügelei im Saal.
Kriegt jeder was zu fühlen,
Zivilisten
wie Gardisten.
Der Korporal
macht Kleinholz aus den Stühlen.
Alle sielen
sich im Drecke.
Waffenröcke
haun sich um den Sprit
blutig, Gott, gerechter! …
Nur der Himmelspächter
macht seinen Schnitt,
türmt und nimmt die Ringe mit.

Epistel Nr. 41

oder wie dem CHRISTIAN WINGMARK bei einer Schlägerei mit MOLLBERG die Joppe draufging

MOLLBERG saß auf dem Bett,
naß von Bier das Chem'sett,
auch war das schon gritzgraue Hemd
kaum in die Hose geklemmt.
Er begoß sich den Zahn,
fiel zurück in den Kahn
und hustete gründlich; doch dann
raffte sich auf unser Mann.
Die Läden vom Fenster er stieß.
Nachdem ihm gelungen auch dies,
sah er raus und befand:
Wurde schon hell überm Land.

War ein dreckiges Loch,
wo sich MOLLBERG verkroch.
Die Wände gekalkt, gottseidank,
Stühle nicht drin, keine Bank,
bloß besagtes Gestell:
Bretterkiste mit Fell.
Auch gab es kein Schloß an der Tür.
Wozu ein solches? Wofür?
Jedoch vor dem Loch – lucki-luck!
Was liegt da? Ne Tonne mit Schluck!
Bier, ne Tonne! Und voll!
Doppelgebrautes, jawoll!

Kuck! da geht er und kratzt
hinterm Ohr sich und schmatzt,
löscht schmunzelnd im Geist schon den Brand,
nimmt dann den Hammer zur Hand
und verläßt das Gelaß.

Klopft den Banzen ins Faß …
Kommt WINGMARK dazu, akkurat!
So früh schon auf, Herr Soldat?
Was'n da drin? Na was?
Sowas, wie das da im Glas!
Schiebt den Hut auf Halbzehn –
gleich ist ne Beule zu sehn!

Was ne Brusche, herrje!
jammert WINGMARK, tut's weh?
Du hast dich gedroschen heut nacht?
Hat man dich fertiggemacht?
Himmel! da liegt ja doch auch
deine Fiedel im Strauch,
das Waldhorn daneben, voll Blut! …
Sind, sagt er, Zeichen von Mut.
Ein-, zweimal im Jahr mach ich Krieg,
das brauch ich wie Schumm und Musik.
Gestern war's grad so weit.
Sauf jetzt! und such keinen Streit.

Aber … Nenn mir den Grund!
Weshalb schlagt ihr euch wund? –
Weil's Spaß macht, Mosjöh Zivilist,
Dreckspazifist, der du bist!
Kerl, jetzt heiz dir das Blut!
Sauf! und werd mein Rekrut.
Erst lern du mal zapfen, Bandit!
Los jetzt! ein zackiges Lied!
Sag ja nicht, das könntest du nicht!
Ich zieh dir den Latz durchs Gesicht!
Fordre auf mich zum Tanz!
Tanzen wir „Fang dir die Gans"!

WINGMARK, wird dir schon heiß?
Tuckert's dir schon unterm Steiß? …
Du zerrst mir den Arm aus dem Wanst! …
Weißt du, was du mich kannst? …
Ratsch! und schon riß das Schwein
ihm den Hosenlatz ein …
Nun laß es genug sein damit! …
Schnauze! wir sind noch nicht quitt!
Dann machte in Nullkommanichts
ihm MOLLBERG, krebsroten Gesichts,
doch die Joppe zur Sau! …
Himmel! zu Haus –: WINGMARKS Frau! …

Epistel Nr. 42

berichtet von einem Kartenspiel in KLUBBEN*) am MÄLAR

MOLLBERG gibt jetzt aus, und dann
fängt das Spiel von vorne an.
Schneuz die Kerze! … Du mußt reizen.
Blüht dein Weizen,
Spannemann? …
Treff bedienen! *allez* hopp!
Zweie, dreie! Prost! Halt, stopp!
König gilt für drei, ihr Pimpfe!
Raus die Trümpfe,
alter Knopp!
Frau WINGMARK, mein Süßes, nun stich doch mit Daus jetzt! …
Karos raus jetzt, Karos raus jetzt!
Karos in den Topp!

*) Klubben: Ausflugslokal, gibt's heute noch

ULLA: heute ganz pastell'n,
vornehm grau, in Samt und Fell'n.
Perlen, die den Hals umründen,
schimmernd münden
in den Bäll'n …
Wie sieht's aus auf dem Parnaß?
Karo sieben! Mach mich naß …
Bube, Dame, fünfe, sechse –
oh, du Hexe!
Karo Ass! …
Nun schmolle nicht, MOLLBERG, und halte die Klappe!
Prost, Genosse! misch die Pappe!
Gib, dann kriegst du was!

Der Pikbube? Wunderbar!
den kriegt ULLA, aber klar.
Mit den Kreuzen das war Mummes.
Sowas Dummes,
ist doch wahr!
Jetzt Pikdame aufgetischt!
MOLLBERG, gleich hat's dich erwischt!
Kannst du halten? … Nee, ich passe …
Her die Asse!
Das erfrischt!
Und nun laßt die Herzen mal hopsen, ihr Schufte!
Prima, prima, dufte, dufte!
Fini. ULLA mischt.

Presst die Karten vor die Brust,
ULLA lächelt selbstbewußt,
denkst du, AMOR bringt dir'n Ständchen.
Dieses Händchen –
zart-robust!
Kuck, wie keß die Süße schielt,
wenn sie überlegt und zielt.

Ihre Augen werden Ritzen …
Scheint zu blitzen,
wenn sie spielt …
He, MOVITZ! mußt melden! Nun laß schon die Flasche!
Paßt mal auf, wie ich euch wasche!
Karos *on the field!*

Kinder, öffnen wir doch mal
kurz das Fenster vom Lokal,
denn die Kälte ist seit Wochen
ausgesprochen
minimal.
Schaut! wie schön das Sternenlicht
zitternd sich im Froste bricht.
Seht den Mond dort überm Wald!
Nein, so bald
taut es nicht …
Häng, ULLA, den Mantel dir wenigstens über!
Machst womöglich durch ein Fieber
uns für immer Schicht!

Schlitten sausen kreuz und quer
rasselnd auf dem See daher,
bis sich der in jähem Drange
frei macht von der weißen Zange
des *hiver.*
Vor dem goldnen Schlitten, kuckt!
wie dem Hengst die Schwarte juckt,
wie die sündhaft teure Mähre
aus der Schere
beinah huckt! …
Am Walde, da hinten, paar Bauern kutschieren,
grinsen, paffen, schwadronieren,
pummlig und geduckt.

Hübsch, der falbe Renner, schau!
mit dem Kopfputz, himmelblau.
Spiel und Gangart: große Klasse!
Einfach Rasse,
dieser Bau!
WINGMARKS Zosse, wie das Ren
eines Lappen anzusehn,
trippeltrappelt auf dem Eise
gleich ner Geise
in den Wehn.

Ein Bengel auf Schlittschuhn, verwegen und lausig,
macht sich bei den Schlitten mausig …
Wird ihm schnell vergehn.

Kuckt! dies Prachtstück da von Pferd,
zierlich, aber gut genährt,
trabt so unerhört verwegen,
bunt vom Bregen
bis zum Stert …
Dort der Rappe, schwarz wie Teer,
mit dem grünen Brustblatt der,
tänzelt wie ein anerkannter
eleganter
Balletteur! …
Weit draußen ging eben ein Schlitten in Dutten*).
Leute, wie besoffne Putten,
kriechen da umher.

*) In Dutten gehen: mdal. = zu Bruch gehen

Wolfsgeheul tönt durch die Nacht.
Wird, scheint's, kälter als gedacht!
Fenster zu! In dem Gemäuer
macht ein Feuer,
daß es kracht!
Schneesturm, Leute, kommt direkt
auf uns zu! Der Mond verdreckt.
Gleich sind Fluren und Kulturen,
unsre Spuren,
zugedeckt ...
MOLLBERG, mich schuddert; die Flasche laß kreisen,
eh wir hier total vereisen
und der Hund verreckt.

Hört! wie's an die Scheiben drischt,
wie es prasselt, kocht und zischt!
ÄOL hat den Mond gefressen
und speit dessen
Licht als Gischt.
Folglich, da es sich ergibt,
grade weil es schneit und stiebt,
laßt uns BACCHI Ruf erwidern
jetzt mit Liedern,
wenn's beliebt.
Prost auf alles, was wir lieben –
eh wir selbst zu Staub zerstieben ...
Weiter! ULLA gibt ...

Epistel Nr. 43

geschrieben für ULLA WINBLAD anläßlich eines rührenden Ereignisses

Hol schnell Malzbier, lauf!
Nimm Madam WINGMARKS Kanne,
brock Schwarzbrot in die Pfanne,
tu schön Kümmel dran, SUSANNE,
brüh es dann auf.
Plumeaus aus dem Schapp,
nimm Decken zur Genüge!
Hol Becken, Stuhl und Wiege.
Spute dich, SUSANNE, fliege!
Zeit ist jetzt knapp!
Riegle gleich ab!
Sacht zieh das Rouleau herunter!
Schon ist unsre Nymphe munter …
Schieb ihr sanft das Kissen unter,
stütze sie, und wünscht sie's, hilf ihr auf.

Sei's Weißweingelee,
sei's eine Ingwerschnitte
– verlangt sie Milch mit Quitte –
was sie will, das bring ihr bitte!
Lindre ihr Weh!
Ein Liedchen laß los,
wenn sie verzagen möchte …
Bald liegt der Preis der Nächte,
wildvergnügter Bettgefechte,
ULLA im Schoß.
Schönheit, dein Los –:
Tausend Tode dich beschleichen,
dir dein Rosenrot zu bleichen,
deinen Namen auszustreichen!
In der Blüte, Freunde, sitzt der Wurm schon eh.

Epistel Nr. 44
über die BREDSTRÖMSCHE und MOVITZ' Melancholie

MOVITZ schlug die Harfe
in TRE LILJOR einmal zum
eigenen Bedarfe,
ohne Publikum ...
Sang vom Schön' und Holden,
sanft von Kerzenlicht bestrahlt.
Harfe, grün und golden,
war auch schön bemalt.
Ein Cherub war drauf zu sehn,
Blümchen, bunte, auch sehr schön ...
Feinstes Bild- und Tongeflechte;
echte
Kunst, das muß man zugestehn.

Andacht hätte können
lösen seiner Harfe Ton
von den Bauerntennen
bis zu Gottes Thron.
Erde schien versunken
in der Klänge Lauf,
und dem Herzen, trunken,
ging der Himmel auf.
Dies durch seine Kunst geschah,
seines Spiels Ambrosia;

und die Stimme, süß, doch machtvoll.
Prachtvoll:
Preisung und Anathema!

MOVITZ, ach, der bleiche,
war im Geiste weit von hier,
fühlte sich – wie Leiche!
Hört den Grund dafür!
Wer zur VENUS möchte,
spiel bei BACCHUS nur Statist!
daß er zum Gefechte
voll gerüstet ist.
Trink nicht mehr, als du verträgst,
eh du dich zum Mädchen legst!
Denk ans Tor des Paradieses!
Dieses
als Moral vorweg zunächst.

MOVITZ imponier'n wollt
einer Dame, stadtbekannt,
als versierter Lustbold,
feurig und rasant.
War auch schon Kontakt da …
Doch dann soff der Idiot –
lag bald wie ein Sack da,
fuselmausetot.
Wie ein Wrack im Kattegat
sank in Schlaf der Nimmersatt.
Keine Aussicht mehr bestund so,
und so
fand der Bettkampf nicht erst statt.

Jene Stadtbekannte
sei euch nunmehr auch genannt:
Sie ist BREDSTRÖMS Tante

und im Witwenstand.
Ziemlich still und schweigsam,
reichlich fade, doch adrett –
ne Mänade gleichsam
aber nachts im Bett!
Und so schließt sich denn der Ring:
Traurig endet unser Ding.
MOVITZ kriegte seinen Laufpaß,
auf daß
dieser singend in sich ging!

Epistel Nr. 45

an Bruder MOLLBERG, seine Harfe betreffend, und nicht zu vergessen, was dem Unschuldigen im ROSTOCKER HOF angetan wurde

Grüß dich, Freund MOLLBERG! Humpelst ja so!
Wo ist die Harfe, wo dein *chapeau?*
Lippe gespalten, Nase zerhaun!
Wie kommst du an die Beulen, die blaun? …
Im ROSTOCKER HOF,
da ging auf dem Schwof
die Harfe *perdue*
durch Havarie.
Spielte da friedlich – pling, plingeli, plang,
schlug mir so'n Schuster, ein Kerl wie ein Schrank,
eins in die Fresse. Pling – plingeli – plang.

Wie sah er'n aus, der? … Kittäugig, mau.
Hose aus Leder. Kniestrümpfe: blau,
Hut schräg im Nacken, Haare zersaust,
Windjacke über, Stock in der Faust,
die Schweinsritzen trief …

Ein baumlanges Knief
hing seitlich am Band.
So kam er gerannt …
Früher schon einmal – pling, plingeli, plumm,
sah ich ihn toben; der Ofen fiel um …
Ein ganz Gefährlicher! Plingeli – plumm.

Sauer, weil nüchtern, spielte ich grad
POLKA AUS POLEN … G-Dur-Salat,
Publikum lauschte, anständig saß
dieser beim Schoppen, jener beim Maß –
da schlug mir das Schwein
den Dreimaster ein.
Ein anderes Stück
schrie: Scheißpolitik!
Was schert uns Polen? Pling, plingeli, plang …
Aufhörn mit Polen! sonst ziehn wir dich lang.
Da unterbrach ich mein Plingeli – plang.

Hör, mein Mäzen! wie's weiter dann ging:
Ich nahm gelassen erst einen Drink,
äußerte dann mich ganz unverhohl'n
über die Konjunkturen in Pol'n.
Und meinte man bloß,
kein King sei so groß
und so absolut
und hätte den Mut,
mir zu verbieten – pling, plingeli, plang,
sei's auf dem letzt mir verbliebenen Strang,
Polka zu spielen. Pling – plingeli – plang.

Saßen da noch ein alter Obrist,
zwei vom Gericht und ein Polizist.
Die riefen: Nieder! Schuster hat recht!
Polen verrecke! Polen sind schlecht!

Ne Nutte kam rein
und mischte sich ein.
Dabei schlug die Fut
die Harfe kaputt.
Schuster verpaßte – pling, plingeli, plong,
mir ein paar Hiebe noch auf den Karton …
Das ist der Sachverhalt. Plingeli – plong.
Himmel, gerechter! Sag was dazu!

Litt ich nicht Unrecht? … Keiner wie du!
MOLLBERG, vergiß es, schluck's und verschmor's! …
Nase kaputt, die Harfe im Ors –
ist das nun mein Lohn?
Das beste wär schon,
der Schnorrmusikant
verläßt dieses Land
und macht für VENUS und BACCHUS Kling-Klang.
Hat unter Kennern noch Namen und Rang!
Folg ihm, APOLLO! Pling – plingeli – plang.

Epistel Nr. 46

über MOLLBERGS Ausritt als Leichenbitter anläßlich des Todes der Wirtin vom KRUG WISMAR

Weg da! Zur Seite! Macht Platz dem Kurier! Aus dem Wege!
Herr MOLLBERG naht dort hoch zu Roß!
Stolz sitzt im Sattel er, wie ein Profos.
Die Pistole links, den Mordskoloß,

rechts seine Flöte, Kokarde am Hut,
drischt er wild auf sein Pferd ein, was er sonst nicht tut,
kommt wie der Satan dahergaloppiert,
schwenkt den Filz, mit Troddelband verziert …
Seht, wie er jumpt,
japst und pumpt
und in den Steigbügeln schaukelt.
Der Mann vom Bau
weiß genau:
Er's wieder ziemlich blau –
außerdem in Trauer, Leute!
Deshalb auch am Ärmel der Flor
und an der Pistole heute
einer noch am Rohr.
Seht ihn fummeln, hört ihn schnaufen,
bis den Zettel er entdeckt:
Er hat einen Sarg zu kaufen,
Kuchen und Konfekt.

Weg aus dem Wege! Hab's eilig mein Lieber! … Nu wart doch!
Momentchen! warum solche Hast?
Ist wo was los, das du etwa verpaßt?
Gönn dem Gaul doch auch ne kleine Rast!
Oder harrt deiner ein Drache am Tor?
Bist du'n zweiter SANKT GEORG, Kerl? Was hast du vor?
Lade zum Leichenschmaus, Fest wird ganz groß,
Kamerad, Klock sieben geht's los.
Daß du's gleich weißt:
Ihren Geist
aufgab die Wirtin, die teure,
vom WISMAR-KRUG.
In Bezug
auf diese gibt's genug
jetzt für MOLLBERG zu beschaffen:
Totenhemd, Beerdigungswein,

ferner Blumen und Karaffen,
Leuchter sind zu leihn.
Ich kutschier den Leichenwagen,
spül die Gläser, brate Fisch,
mache dann, ist aufgetragen,
die Musik bei Tisch!

Schluß jetzt, verdammt auch! Da läutet's ja schon von SANKT OLAF,
schreit MOLLBERG, und gleich prescht er weg.
Läßt mich alleine in Kummer und Schreck.
Heiße Tränen kullern in den Dreck …
Wieder hab ich eine Mutter verlor'n,
eine Schankmutter, die noch einmal mich gebor'n.
Kalt ist ihr Herz nun, versteint ihr Gesicht,
teilt mit Engeln schon das ew'ge Licht.
Hat mich umsorgt.
Stets geborgt,
saß ich auch tief in der Kreide.
Ihr Busen war
mein Altar
so manches liebe Jahr.

Sehe dich noch hinterm Tresen,
Haubenlerche, reizendste du!
Kein so süßes Lebewesen
trinkt mir fürder zu.
Diese Augen, all dein Rundes –
weg und ohne Wiederkehr! …
Und das Fazit des Befundes:
Keine Weiber mehr!

Epistel Nr. 47

beinhaltet MOLLBERGS Rückkehr zum Sterbehaus

Himmel, wo bleibt MOLLBERG? Der Vagabund! …
Ich sah seine Stute am Tor von GRÖNLUND;
und er, paar Schritt weiter, die Pfeife im Mund,
betätschelte LUMP, seinen Hund.
Hatte seinen schweren Püster vorm Bauch,
am Arm, wegen Trauer, so'n Stück schwarzen Schlauch,
am Aufschlag ein Brustbukett, Rosen vom Strauch,
darüber die Nase im Rauch.
Seine Stute, die soff aus der Tonne vorm Stall.
An der Ecke kam grade ein Kremser zu Fall,
mit Soldaten beladen, die wollten zum Ball.
Ein Fluchen, ein Krach, ein Krawall.

Gott sei Dank! da kommt er, hat es geschafft.
Das danken wir seiner unbändigen Kraft.
Herandonnern seht ihn, kein bißchen erschlafft –
fürwahr eine Eiche im Saft!
Doch wie sieht er aus! Perücke verquer,
mit Modder bekleckert bis übers Revers,
die Bügel voll Schlamm und die Sporen voll Schmer,
der Zosse kann beinah nicht mehr.
Schreit Hurra! Er ist da! Guten Morgen, Kamrad!
Und was bringst du uns mit? … Einen Korb voll Salat,
Karamellen, Sukkade, ne Tüte Spinat
und, Leute, ein Quart Destillat!

Jungs, war das ne Hatz zum NYBODA-KRUG!
Kam an, als es zehn von der BRANDKIRCHE schlug …
Der Grabschaufler, Teufel! hat' der einen Zug,
der kriegte partout nicht genug …
Fragt nicht nach dem Weg! War'n einz'ger Morast.
Nur Tümpel an Tümpel, kein Baum und kein Bast.
Gehöfte verwahrlost, kein Acker mehr fast,
kein Gasthaus, kein Wirt und kein Gast.
Und nur Nordwind, so'n scharfer, der schier mich zerschnitt,
und ich ritt, und ich fror, doch ich ritt und ich ritt,
nen Geschmack auf der Zunge wie Chlor und Karbid …
Ihr ahnt nicht, was MOLLBERG erlitt!

Das ist für Madam – I a Qualität!
ihr Totenhemd, wenn auch in Eile genäht …
Mal sehn, was noch sonst auf dem Zettelchen steht.
Pardon, hab nicht alles im *tête*.
Numro zwei, den Kuchen … Haben wir hier.
Die Fische, auch diese, in Zeitungspapier.
Bloß den da, den Posten, die Numero vier,
den Sarg – den vergaß der Kurier …
Aber Branntwein, den hast du gefunden, nicht wahr? …
Sieht man's MOLLBERG nicht an? Aber sicher doch, klar! …
Dann ist alles in Butter, gebannt die Gefahr!
Prost, MOLLBERG! hopp-hopp, an die Bar!

Epistel Nr. 48

oder ein Gemälde, darstellend ULLA WINBLADS Heimfahrt von HESSINGEN im MÄLAR an einem Sommermorgen 1769

Sonnenschein und glatter See,
glatt wie eine Wiese …
In das Segel fällt von Lee
eine sanfte Brise.
OLLE tunkt das Ruder ein,
KERSTIN, blond wie Honigwein,
blinzelt in den Sonnenschein
über der Kombüse.

OLLE kloppt die Pfeife aus,
wendet dann die Jolle.
KERSTIN, OLLES Augenschmaus,
segelt jetzt für OLLE.
Schmunzelnd reckt er sich empor,
kratzt sich sachte hinterm Ohr –
scheint, der Alte hat Humor.
Wind zaust ihm die Tolle.

JERKER mit der Zither kraucht
jetzt aus der Kajüte,
zupft, indes der Alte raucht,
Töne fürs Gemüte.
Knäternd ächzt dazu der Kahn …
OLLE hustet durch den Zahn;
in der Ferne kräht ein Hahn
her vom Landgestüte.

Bruder MOVITZ stößt ins Horn,
OLLES Pulk zu grüßen,
ruft: Was kost' die Ladung Korn

und ein Kuß der Süßen?
OLLE grient, und KERSTIN lacht,
und schon gleitet mit der Fracht
weiter die Gemüseyacht,
MOVITZ zum Verdrießen.

Kuck! da kommt schon wieder was:
eine alte Schute.
MARJO mit dem Butterfaß
auf Stockholmer Route;
Milch dabei und eine Geis,
Kirschen, Beeren, körbeweis,
krächzt ein Lied zu Gottes Preis
sie mit schiefer Schnute.

ULLA WINBLAD, aufgewacht!
Sonne scheint schon helle.
Kämm dich! und dann klargemacht
die zerknautschte Pelle.
Mußt du niesen? Na, dann prost!
Jetzt wird erstmal ausgelost,
wer mit dir als nächster kost
auf der Karavelle.

NORSTRÖM, Achtung! du bist dran;
doch danach nicht klagen!
Bist du auch ihr Ehemann –
das hat nichts zu sagen.
Alle haben gleichen Rang,
alle Brüder, Gott sei Dank!
ULLA, auf die Ruderbank,
Süße, laß dich tragen!

Kühe hinter Schilf und Ried
grasen und verdauen.

Stiere man sich tummeln sieht
in der Flut, der blauen.
Füllen stampfen, Weide dampft,
Nebel wallen rötlich-sanft,
und ein strammer Keiler mampft
Roggen mit den Sauen.

Kuck! ein Jäger mit dem Hund
hinten da, im Grünen.
Flinte über, Hauch vorm Mund,
schaut nach Bekassinen.
Der Beschlag der Büchse blinkt,
über ihm die Lerche singt,
so als wollte unbedingt
sie sich Lob verdienen.

Nehmt den Morgentrunk zur Brust!
Prosit! meine Lieben …
EKENBERG taucht aus dem Dust,
wo die Stemmer üben.
Junge, wird da laut gemacht!
Horch, wie's jummert, bumst und kracht!
Dort sind sie seit letzter Nacht
noch beim Kegelschieben.

Kuck! in einem Laubengang
– Ranken ihn umwippen –
Burschen, die bei Biergesang
schwere Humpen kippen.
Etliche schon gähnen faul,
andere mit offnem Maul
ratzen, zwischen Karr'n und Gaul,
oberhalb der Klippen.

Da, auf einer überm Strand,
einer grauen, kahlen,
wachsen aus Chinesenhand
wunderschöne Schalen.
Dort bemalt man exzellent,
was man dann im Ofen brennt …
ULLA WINBLAD, im Moment
siehst auch du mich malen.

Links im Schmok liegt MARIEBERG –
bitte zu beachten!
wo bei dem Salpeterwerk
die Verdammten schmachten …
Wenn es uns auch wenig paßt,
ULLA, Kind, so ist mir fast,
werden sie auch dich zum Knast
dorthin einst verfrachten.

Lotet jetzt die Tiefe aus,
ran! ihr faulen Finken.
MOVITZ, hol ne Flasche raus,
ULLA will was trinken.
Pennen, wenn du willst im Bett,
kannst du solo und adrett
drüben da im Lazarett –
mit kaputtem Zinken.

Rosarot erstrahlt der See,
und der Wind wird schwächer.
STOCKHOLM legt zur Matinee
Glanz auf Turm und Dächer.
Kinder spielen schon am Strand,
werfen Kiesel unverwandt
oder baun aus Kies und Sand
kleine Wellenbrecher.

SKINNARVIKEN! Ging das schnell!
Streichen wir das Segel!
Schimmernd grüßt uns das Kastell
oben auf dem Kegel.
Wie man alles deutlich sieht!
wie der Schmied sein Eisen glüht
und dabei den Schwengel zieht,
kreuzfidel und kregel.

Da kommt eine Wäscherin,
setzt den Spankorb nieder,
öffnet erstmal vor Beginn
klafterweit das Mieder.
Barfuß hockt sie auf dem Stein,
weicht die bunte Wäsche ein,
kratzt sich mal am Schienenbein,
stöhnt auch hin und wieder.

Schöner wird's an keinem Ort
als daheim getroffen …
Kuck! der Wasserfahrer dort,
ist schon jetzt besoffen.
Auf den Gaul ist kein Verlaß.
Von der Karre rollt das Faß –
auch die Erde kriegt ihr Naß,
denn der Spund ist offen.

Türmer bläst die Müden wach.
Glocke ruft zur Stelle …
Schornsteinfeger auf dem Dach
winkt mit seiner Kelle.
Bäcker fährt auf Semmeltour …
Hammerschlag und Schlag der Uhr …
Paar Soldaten in Montur
keuchen zum Appelle.

Suche jetzt ein jeder hier
seine drei, vier Wände!
Mit Posaune setzen wir
dieser Fahrt ein Ende.
Jungis, tjüs! bis nächstes Mal.
ULLA WINBLAD traf die Wahl.
Einer nur wird Prinzgemahl
in der Schnapskurrende.

Seht! sie läßt schon lustbereit
die Kledasche fallen.
NORSTRÖM, Junge, sei gescheit,
laß sie aus den Krallen! …
MOVITZ löst sich vom Verein,
hakt sich bei der Süßen ein.
Mag sie NORSTRÖMS Gattin sein –
sie gehört uns allen.

Epistel Nr. 49

betrifft den Ausflug nach KLUBBEN am MÄLAR an einem Sommerabend im Jahre 1769

ULLA, Süße, kuck mal, schau!
wie des Mondes Silbertau
niedertröpfelt allenthalben
auf *Duc d' Alben,*

Fels und Au,
wie auf seinem Rücken trägt
unser MÄLAR, windbewegt,
viele Kiele
hin zum Ziele,
wo sein Saum ans Ufer schlägt …
Schwester, was erblickst du an Bord und Gestaden?
Jungs beim Laden/
Jungs beim Laden,
hart und unentwegt.

Deutlich riechst du in der Bö
von den Wiesen rings am See
jetzt den Duft des frischen Heues …
Joi! was Neues
pour la nez –:
Riech mal, kuck mal, wie's da schwelt!
Unter jeder Esse quält
sich ein stiller
Schnapsdestiller
um den Brennstoff, der uns fehlt!
MOLLBERG, steure backbord! Gleich hinter der Rampe
liegt die Stampe/
liegt die Stampe,
die wir uns erwählt.

Wo man dort den Schornstein sieht
und der Rauch wie'n Veilchen blüht,
in der Delle ist die Stelle
mit der Quelle,
die uns zieht,
tief im Holz, bei Bock und Bird,
daß man sich kaum hinverirrt.
Doch der Kenner
riecht den Brenner,

eh noch eine Buddel klirrt …
Linkerhand, vom Bootssteg, der Kerl in der Jolle –
dieser Olle/
dieser Olle,
das ist HÖK, der Wirt.

Wind, Genosse, lieber Boos,
schick noch einen kleinen Stoß,
und es ist dank deinem Wehen
schnell geschehen,
mühelos.
Laßt uns jetzt mit Waldhornklang
BACCHUS grüßen vor dem Schank,
schon im Banne
seiner Kanne
und erfüllt von Tatendrang …
Süße, freu dich! MOLLBERG, das Herz wird dir lachen …
Böller krachen/
Böller krachen
ULLA zum Empfang!

Noch ein Tuck – schon landen wir
beinah vor der Pintentür.
Freundlich winkt der Kehlenretter
und sein fetter
Kürassier …
WINGMARK-Mutter, Mantel um!
Her die Patschhand, hier komm rum!
Hoch die Schleppe,
rauf die Treppe
und in das Elysium!
Raus jetzt den Proviant und die Futterpakete!
für die Fete/
für die Fete,
bei Musik und Schumm.

HANNAS Brosche, Jungs, ist fort!
Hatte sie noch dann und dort …
LOTTA fiel der Muff vom Steige …
Ging die Geige
über Bord?
Vadders Brille hat ein Leck! …
Nahm wer die Perücke weg?
seine beste,
nur für Feste!
Ach, herrje! ich sehe *black!*
Kuckt mal nach! Vielleicht unterm Tritt in der Kajüte.
Liebe Güte/
liebe Güte!
Da liegt sie im Dreck!

Vorsicht, Jungis, mit dem Baß! …
Tritt hier nicht ins Waffelfaß! …
Komm, laß mir die Himbeersoße,
nimm das große
Honigglas! …
Teilt die Schlemmertorte nun
und serviert das kalte Huhn,
süße Pflaumen
für den Gaumen …
Und nun Gaffel her und *spoon!*
Und mir nicht gespart mit dem Jux, Kameraden!
Gehn wir baden/
gehn wir baden –
dann mit Hut und Schuhn.

Vadder HÖK, dein Schmunzeln macht,
daß man automatisch lacht.
Sehn wir dich die Tasse entern
und sie kentern
vor dem Schacht,
flieht die Kälte aus dem Darm,
schrumpft die Angst, vergeht der Harm!
Dankbar saugen
wir die Laugen
deiner Kunst und werden warm.
Draußen mag es stürmen, wie jetzt augenblicklich –
frei und glücklich/
frei und glücklich
tobt der ganze Schwarm.

Epistel Nr. 50

oder ein letzter Blick auf ULLA WINBLAD bei ihrer Rückfahrt vom TIERGARTEN

PHOEBUS, der Holde,
mit feurigem Golde
rückt Blume und Dolde
ins leuchtende Sein,
weckt Himmel und Gosse,
rührt Flügel und Flosse,
treibt wiehernde Rosse
ins Wasser hinein.
Donnergrollen …

Es gießt wie aus Mollen,
DIANA hört knallen!
Die Rehböcke fallen.
In grellen Blitzen
seht JUPITER sitzen,
umringt von den Spitzen
des Hofes sein.
Gäule von allen Seiten
mit wehendem Schwanz
NEPTUN begleiten
beim Ozean-Dreizacktanz.
Helden mit Schwert und Fahne,
auch PAN, der Filou,
gesell'n sich zu.
Engel und Satane
schmelzen hin in sel'gem *flou*.
Wogen sich wild durchdringen.
Darin die Tritonen singen:
ULLA WINBLAD,
ULLA WINBLAD,
Liebe nur stiftest du,
MARS selbst, den Blutbirbonen*),
zwingt ULLA aufs Knie.
Von allen Höhen, rings aus Kanonen
rumbumst NEPTUNS Artill'rie.
So unter Ovationen,
mit Pep und mit Pli,
trifft ULLA ein … Jauchzt, ihr Kupidonen!

Schiffsglocken schellen,
Kommandos hört gellen,
sie pumpen und prellen
mit Poltern und Krach.

*) Blutbirbone: Machwort, birbone, ital. = Halunke

Sie pfeifen und schnallen.
Salutschüsse fallen
und schallen und hallen
minutenlang nach …
Blau, in Seide,
im neuesten Kleide,
die Wangen tief rot jetzt,
steigt ULLA ins Boot jetzt.
Von PAPHOS' Wiese
wieg heim, MÄLAR, diese
mit Welle und Brise,
vieltausendfach! …
Buddeln hebt an die Schnute!
Gluck-gluck, sagt der Korn …
Nun, MOVITZ, tute!
Es gibt was zu sehn da vorn!
Das ist für Liebeszwecke
noch schnell arrangiert.
Gafft ungeniert,
ULLA in die Röcke,
sauft und singt und salutiert!
Unter dem Sonnenballe:
ein Prosit auf unsre Kalle!
ULLA WINBLAD,
ULLA WINBLAD,
dein Volk ist tief gerührt!
NEPTUN befahl der Welle,
behutsam und glatt
durch Fels und Klippe mit heiler Pelle
zu schippern dich in die Stadt.
Bye-bye! cheerio, Gazelle!
Man sieht sich nicht satt …
Da rauscht sie hin … Blast! Musik, Kapelle!

Epistel Nr. 51

beschreibt ein Konzert in DREI BÜTTEN

MOVITZ gab nach Balles Schluß
ein Konzert, und kein schön'res ward je uns geboten.
Herrlich perlten da vom Schnuß
die Töne diesem wie Erbsen aus Schoten.
Danach kam Herr BERG zu Wort,
dann sang ULLA ein paar von Herrn FILTZENS*) Duetten,
schön begleitet per sofort
von zwei Oboen und sechs Klarinetten.
Gleich rief jeder Gast:
einfach orphisch fast!
Sowas legt die Sehnsucht bloß …
Und so nahm jeder ein Weib auf den Schoß.

Nun griff MOLLBERG stanteped
in die Saiten und harkte die riesige Brumme.
Mächtig strich der Interpret
sein Solo mit jenem ihm eigenen Mumme.
Folgte eine Fantasie,
was in B-Moll und G-Dur, gedacht zum Sich-Sammeln.

*) Filtz, zeitgenössischer Komponist

Aber die Korona schrie:
Très bon! Doch nun was zum Tanzen und Rammeln!
MOVITZ, jetzt geröhrt,
wie sich das gehört!
Bravo, brav, *bravissimo!*
Schallert nun alle! *Plus fort, comme il faut!*

MOVITZ, rot wie'n Gockelhahn,
schlug den Takt dazu, stampfte und hob seinen Rüssel:
Jetzt mal fein'res Marzipan!
Was von GALUPPI, gleich so aus der Schüssel!
Darauf BERG: Na schön, Galopp,
kannste haben, sofort – aber erst einmal Bier her! …
An die Nymphen! *Allez,* hopp!
Nun schmeißt die Keulen, und bloß kein Gezier mehr!
MOVITZ, blas schon los!
Exzellent, famos!
Trau ich meinen alten Ohr'n –:
Für den Olymp, Bruder, bist du gebor'n.

Jetzt sang ULLA *air baroque.*
Was ein Busen! schneeweiß wie die Milch in der Satte.
WINGMARK übern Flötenstock
beäugt ihn wie ne hungrige Ratte.
BERGSTRÖM – er war grade frei –
trank ein Bier zwischendurch, unterm Arm die Viole …
ULLA sang – ein Sprung, ein Schrei –
da hing ihr jener schon an der Konsole.
Mischte in die Kunst
kleines Stückchen Brunst!
ULLA war nur leicht schockiert,
WINGMARK blies weiter, als wär nichts passiert.

Doch er machte ein Gesicht
wie ein klassischer Hirte auf einsamen Wegen,

der mit seiner Flöte spricht,
verwegen-schmachtend, ein bißchen verlegen.
Weste offen bis zur Brust,
schräg verrutscht die Perücke, so blus er und keuchte,
wobei beinah unbewußt
er künstlerisch einen Gipfel erreichte.
Darauf schrie der Saal:
Alles noch einmal!
Nochmal mit dem gleichen Schneid! …
Das war ein Abend, den keiner bereut.

ÄOL draußen mit Gewalt
jagte Wolken, erzürnte das Meer, sandte Regen.
NEPTUN schwamm uns in Gestalt
des schwarzen Wales der Sage entgegen …
Noch der heit'ren Klänge voll,
die so reichlich die Musen uns wieder gegeben
– Dank denselben und APOLL –
laßt uns geschlossen die Stimme erheben!
FREDMANS Volk ist groß.
Vivat unser Boos!
WINGMARK, stoß ins Flötenholz!
Sauft ohne Schiß und bewahrt euern Stolz!

Epistel Nr. 52

für MOVITZ, als er seine Braut an den Tod verlor; Elegie

MOVITZ, mich trifft der Hammer!
Ach, MOVITZ, mein MOVITZ!
Dein Schatz liegt tot in seiner Kammer,
Trauer überall und Jammer –
auch Zorn und Gottesgroll.
So mancher ringt die Hände;
still ein andrer starrt und fände
gern den Sinn in diesem Ende.
Ihr fragt umsonst die Wände,
was das bedeuten soll/
was das bedeuten soll.

Trinkt, BACCHI Trauerscharen!
CHARLOTTA, CHARLOTTA,
die Götter, fürcht' ich, neidisch waren,
daß den schier Unfesselbaren
zu fesseln dir gelang.
Dein Charme und deine Gaben,
deiner Schönheit Honigwaben
brachten Lahme selbst zum Traben.
Dich nur erblickt zu haben,
schon machte liebeskrank/
schon machte liebeskrank.

Wie in des Baches Wellen
– bald hier- und bald dorthin –
du siehst das quicke Fischlein schnellen,
einem dann sich zugesellen
nach Lust und Eigensinn –:
So hat sie dich genommen,
kam sie dir ins Nest geschwommen,
heiß ersehnt und stets willkommen.

Das Feuer ist verglommen
und tot die Priesterin/
und tot die Priesterin.

Sah so oft, flott und schnieke,
CHARLOTTA, CHARLOTTA,
dich hinterm Fenster der Fabrike
und am Samstag bei Musike
erstrahlen auf dem Ball.
Seh dich noch Spulen drehen,
eben durchs Fabriktor gehen …
Weg – wie mit des Windes Wehen.
Nur'n leerer Stuhl blieb stehen.
Du bist verschluckt vom All/
du bist verschluckt vom All.

Ab wirf dein trübes Sinnen!
Hör, MOVITZ, mein MOVITZ!
Laß nur getrost die Tränen rinnen.
Werde wieder heil von innen.
Steck auf die Fiedelei!
Meid auch der VENUS Stätten –
ihre sind die schwersten Ketten.
Willst du deine Freiheit retten,
wähl Buddeln du statt Betten.
Denn, Bruder, du bist frei/
denn, Bruder, du bist frei.

Epistel Nr. 53

über den KRUG ROSENLUND unterhalb von DANTOBOMMEN und eine Schlägerei dortselbst in einer Herbstnacht

Manch ein Genie von hohen Graden
sieht man straucheln für und für!
Haltlos im Seichten geht es baden –
und verkauft sich fürn Glas Bier.
Gleich wird sich's zeigen –:
BERG möge geigen!
ROSENLUND nennt sich die Stampe, und hier
geigt auch Meister BERG dafür.

Steht da wie'n Erpel in den Wehen
mit der Schrape unterm Kinn.
Feuer, gewisses, und Ideen –
nicht zu leugnen – sind schon drin!
Anfangs besticht er,
doch dann verbricht er
Musenzerfetzendes auf dem Podest
und gibt deinem Ohr den Rest.

Ziemlich weit draußen, bei GRIMSHAGEN,
liegt dies Bierlokal im Grund.
Da dieser Wirt kann was vertragen,
und auch singen kann der Hund …
Hol dir nen Schumm dort –
kuck dich mal um dort!
Tabakremisen … Waldwiesengemisch …
Und der Specht kackt auf den Tisch.

Lacht dieser Boos, muß jeder lachen.
Mächtig wabbelt der Aspik,
gießt er den Brennstoff in den Rachen.

Und Herr BERG macht die Musik.
Seht ihr ihn spielen,
Saiten befühlen?
Nickt mit dem Kopf, blinzelt, schmachtet und pumpt.
Und die Baßviole brummt.

Wenn's abends kühl wird, trägt er seinen
Morgenrock und sieht dann aus
kaum noch zum Lachen – fast zum Weinen,
doch er macht sich nichts daraus.
An seinem Krätzchen
baumeln paar Kätzchen …
Zwei Sorten Schuh, einer hoch, einer flach –
und die Töne auch danach.

Prima, mein Junge! Unnachahmlich,
wie du in die Saiten haust,
dabei nach innen schielst – so damlich
wie ein Affe, der sich laust.
Tausend Fikuckchen,
Mätzchen und Muckchen
fallen ihm ein, und so hampelt er nur
pausenlos in einer Tour.

Voll ist der Wirt und voll der Laden
und die Kanne voll und tief.
Bald prüft ein Schlot paar stramme Waden,
bald ein Steuermann sein Knief.
Etliche kunkeln,
andere schunkeln
zwischen den Tannen mit Hei und Juhu!
Und Herr BERG, der spielt dazu.

Brüder, ein Hoch hier auf die Damen!
Hoch die Plünnen! Hoch das Bein!

Allen, die hier zum Rammeln kamen,
Prost! – bis in die Nacht hinein.
Röcke laßt fliegen,
BERG sich verbiegen!
Singt von der Liebe, von Wiege und Bett –
singt euch blau und violett.

Nach diesem Paradies der Pünsche
ist so mancher unterwegs.
Hier mischen sich geheime Wünsche
mit Muskat und Butterkeks …
Skål, meine Süße!
Rühr'n wir die Füße!
Jungis, die Bootsleute gehn an den Speck!
Alle Mädchen hol'n sie weg.

Wer ist denn der mit Ohrenkiepe,
mit den Säuferaugen der?
Stopfte sich eben seine Piepe,
langt sich jetzt die Buddel her.
Trinkt wie ein Kenner.
Grinst wie ein Penner,
prostet und zwinkert und pichelt nur stumm,
reicht die Flasche dann herum.

Dort bei den Eichen da, der Kunde
mit der Peitsche in der Hand
und einer Koppel junger Hunde –
der ist doch wohl stadtbekannt!
Füttert die Raben,
wohnt hinterm Graben
in einer Bude, zerfallen und trist.
Und da steht auch ein Gerüst …

Hockt da nicht Zöllner SJÖGREN, Leute?
Laß mich fressen, daß er's ist.
Wann schnüffelt der mal nicht nach Beute,
DANTOBOMMENS Antichrist?
Zweihundert Schlöcher
wiegt der Verbrecher …
Schnapsaugen, wäßrige, triefende Quall'n,
und die schärfsten Geierkrall'n!

Dreht ihm die Luft ab! Schlagt ihn nieder!
Nehmt dem Aas die Plempe weg!
Zieht übern Tisch den Seifensieder!
Macht es fertig, das Besteck,
das uns nur ausnimmt
und mit nach Haus nimmt,
was es an Saft und Gebranntem erwischt …
Joi! wie gerne man da drischt.

Auf unsrem Bums herrscht eitel Wonne –
ebenso wie Mord und Tod!
Hier fließt das Blut wie aus der Tonne,
und das Tischtuch färbt sich rot.
Krimimusike
füllt die Budike …
Schlägt man dem Gauner die Dachkammer ein?
Halt! schreit einer, halt, laß sein!

Epistel Nr. 54

am Grabe Korporal BOMANS auf dem SANKT KATHARINEN-Friedhof

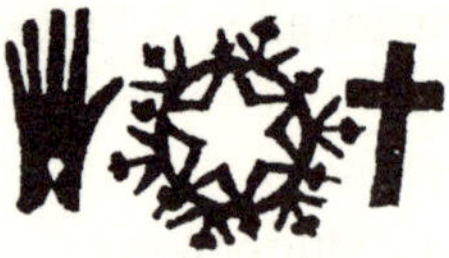

Kaum je betritt diesen Park ein schönes Kind,
Blumen sich zu pflücken.
Nur schwarze Schleier bauscht der Wind.
Nie kommt ein Vogel in diesen düstren Hain,
dort sein Lied zu singen.
Kein Sperling schilpt den Morgen ein.
Hörst hier selbst an hellen Frühlingstagen
nur die Turteltaube einsam klagen
hoch vom Nest/
hoch vom Nest,
über Grab und Urne im Geäst.

Trauer und Trübsal durchschauern hier die Luft.
Schwarz ein Wald von Kreuzen
verfinstert BOMANS stolze Gruft.
Siehe die Zeichen auf unsrer Väter Bein:
Hippe, Rad und Schlange,
in Holz gegraben und in Stein.
Ahorn schüttet, wo die Toten wohnen,
gelbe Blätter aus den dürren Kronen.
Jedes Blatt/
jedes Blatt
deckt am Ende eine Ruhestatt.

Sein Mausoleum steht goldumgittert, breit
dort im Adelsviertel.
Es war bekanntlich seinerzeit
unter entsetzlichem Krach, zu aller Schreck
eingestürzt, versunken
im Boden! Jedenfalls war's weg
– offenbar versetzt zu den Zyklopen –
und das mitten im Gesang des Popen!
Heil und ganz/
heil und ganz
strahlt es längst jedoch im alten Glanz.

Ringet die Hände und seufzt und lamentiert!
Rings um BOMANS Tempel
sind Klageweiber aufmarschiert.
Gläser und Krüge und Bütten in der Hand.
Die schier platzen möchte
vor Tränen, Herzeleid und Schmand,
ist die Witwe unsres braven Knaben.
Und die andern, all die schwarzen Schaben –:
Hökerfraun/
Hökerfraun
aus der Vorstadt, wo sie Runkeln baun.

Anstimmen, MOVITZ, laß uns ein Trauerlied!
daß vielleicht dann schneller
der Seele Kummer sich verzieht.
Tröste Frau BOMAN mit deiner Saiten Klang! …
Hört gleich auf zu flennen …
Sie putzt sich schon die Schuhe blank …
Gib ihr lieber Trost aus der Karline*)!
Na, wie wär's? … Wie gern ich mich bediene!

*) Karline: berlinerisch = Schnapsbuddel

Bitte mehr/
bitte mehr!
BOMAN, nie gibt's eine Wiederkehr.

Dank dir für alles! *Merci* für Nacht und Tag,
Dank für all die Dresche!
für jeden Tritt, für jeden Schlag.
BOMAN, dein Hut, der ist jetzt mein Frühlingshut!
Deine Gardejacke
steht mir als Cape genauso gut …

Laß die Harfe, MOVITZ, Honig triefen!
Witwe BOMAN, höre auf zu schniefen!
Schick dein Mett/
schick dein Mett
einem andern Korporal ins Bett!

Epistel Nr. 55

handelt von MOLLBERG beim Kegelschieben auf HAMMARBY an einem Sommerabend des Jahres 1773

Schau ihn dir an! – im Augenblicke
von der Abendsonne angeglüht –:
faul mit Gemüt.

Löckchen, vier schicke,
unter einem Prachtgehüt.
Puderumstiebt
macht er sich dicke,
während man hier Kegeln schiebt.

Aufschläge: weiß, lederne Schnüre,
dunkles Halstuch und ein Chemisett,
steif wie ein Brett
von all dem Biere,

Schnurrbart schwärzer als Brikett …
Kreide und Fett,
Spucke und Schmiere
machen unsern Mann komplett.

Neben der Bahn, unter den Eichen,
taucht er plötzlich auf und macht und tut,
winkt mit dem Hut,
gibt erst ein Zeichen:
Alle Achtung! War ganz gut.
Schreit dann: Nur Mut!
Zwei volle Leichen!
Weiter so! Nur ruhig Blut.

Filzschiff auf Sturm, Piepe im Munde,
kommt er grienend an, halb Knecht, halb Hecht …
Nee, war nicht schlecht …
Los! alter Kunde,
MOLLBERG, zeig's mal kunstgerecht!
Kugel rollt los …
Staunt da die Runde –:
Alle Neune! Grandios!

Wetter klarhell. Mondes Laterne …
Nordlicht macht die Wasserfläche glühn.
Schloß, wie Rubin,
gleißt in der Ferne,
alles schwimmt in Rosagrün …
Greif zum Dulzian!
Götter und Sterne
sing vom Himmel, MARS und PAN!

Hallend hier schön, rings von den Hängen,
uns das Echo deines Lieds berauscht.
Nachtigall lauscht

deinen Gesängen.
Hätte gern mit dir getauscht.
Kiek nur! im Nu
unter den Klängen
treibt's den Bullen auf die Kuh.

Horch! MOLLBERG, horch! überall weinen
unsre Nachtigall'n bis HAMMARBY.
Tröste sie
in ihren Hainen
mit Musik und Poesie!
Töne mit Pli!
Trink dir noch einen
und sing FLORA 'n Potpourri!

Pfeife gestopft! Jetzt ist gut Qualmen.
Putz uns runter, Sänger, wenn du willst,
schön, wenn du schiltst
und samt den Psalmen
uns in Tabakwolken hüllst.
MOLLBERG, famos!
Trink noch'n Halben! …
Wei! jetzt pisst der Himmel los!

Alles verkriecht schnell sich im Schuppen
zwischen altem Plunder, Bütt und Faß,
klitschfasernaß
bis in die Schluppen.
Schiet, verdammt! und nichts im Glas!
Durst im Gebein,
Wut in den Kruppen,
drischt man aufeinander ein.

Joi! was ein Guß rauschte da nieder.
Kuck! ein Regenbogen überm Dach.

Tröpfelt noch schwach.
Schon sind sie wieder
flott am Kegeln. Welch ein Krach
und Gelach!
Einer der Brüder
schafft gleich zwölfe. Macht's mal nach!

Das ging vorbei … MOLLBERG schmeißt sieben.
WINGMARK: Ratze. MOLLBERG weiß warum:
Du bist zu dumm,
Kegeln zu schieben
und legt gleich mal achte um.
Rate dir, Mann,
grient er gerieben,
schaff dir neue Klüsen an!

Was denn? Nicht neun? Fress einen Besen …
War ne Ecke, Mensch! na klar! mit Drein.
WINGMARK, pack ein,
du bist gewesen!
Schuld ist nur dein Suff, du Schwein …
Nun laßt sein …
Alle zum Tresen!
MOLLBERG singt den Morgen ein!

Schnitzt noch ein Herz hier in die Rinde!
Prost auf alle, die noch solo sind …
Liebe macht blind …
Aber auch Blinde
finden nachts das Glas im Spind …
Kühl weht der Wind.
Doch auch im Winde
bleibt uns BACCHUS wohlgesinnt.

Epistel Nr. 56

betrifft Mamma MAJA vom VERGOLDETEN BECHER

Kuck! MOLLBERG: schwarz von Kopf bis Fuß,
Rock, Handschuhe, Strümpfe, so schwarz wie Ruß,
das Haar zerzaust und ganz konfus.
Ach, MOVITZ, er –
er trauert sehr.
Sein Gram ist schwer
wie nie bisher, wie nie bisher.
Wie mutlos hängt in der Montur
der immer so Fröhliche, kuck doch nur!
Er flennt und schnieft in einer Tour.
Sein Schmerz – prost, prost! –
find't keinen Trost.
Sein Leid – zum Wohl! –
sitzt tief, *skål, skål,* sitzt tief, *skål, skål!*

Wenn KLOTHOS Schere schnappt,
den Lebensfaden kappt,
dann hast du ausgejappt …
Eine Hand
nur voll Sand
birgt, was einmal Schank- und Schlüsselmutter war,
verschlossen drin immerdar, immerdar.

Ganz alle auch der Witwer scheint,
der redlich sich was in den Ärmel greint
und Fusel schwitzt und Branntwein weint.
Das Haus verwaist –
das Bett zumeist.
Der Herd vereist …
Allein, allein, denk, was das heißt!
Geschlossen ist das Pintentor,
vernagelt, verrammelt, ein Schloß davor.

Kein Laut mehr auf dem Korridor.
Das Schild ist ab
von Gold und Krapp
und leer der Schapp.
Das Haus ist still, so still wie'n Grab.

Wenn KLOTHOS Schere schnappt,
den Lebensfaden kappt,
dann hast du ausgejappt ...
Eine Hand
nur voll Sand
birgt, was einmal Schank- und Schlüsselmutter war,
verschlossen drin immerdar, immerdar.

Wenn ihr zu diesem Grab euch bückt,
ihr NYMPHEN zumal, die die Wollust zwickt,
wißt: Eine Rose ward geknickt,
die Lust geschenkt,
uneingeschränkt!
den Teig gemengt,
euch Herrn und Kerls ins Bett gelenkt!
Der Stoff, auf den den Fuß ihr setzt –
in diesen wird Mamma verwandelt jetzt.
Sie hat sich für euch abgehetzt,
von früh bis spät
den Flachs gesät
und ausgespäht
und hingedreht – diskret, diskret!

Wenn KLOTHOS Schere schnappt,
den Lebensfaden kappt,
dann hast du ausgejappt …
Eine Hand
nur voll Sand
birgt, was einmal Schank- und Schlüsselmutter war,
verschlossen drin immerdar, immerdar.

Pflückt einen großen Blumenstrauß,
sucht Rosen, Narzissen, die schönsten, aus
und Anemonen tiefsten Blaus!
Schenkt MOLLBERG ihn,
der im Jasmin,
vor Kummer grün,
liegt schluchzend auf den schwarzen Knien …
Hör auf zu klägen, alter Schuft!
Ihr Staub wird Kelch und Blumenduft …
Rollt ihm ein Fäßchen an die Gruft!
Trink, MOLLBERG, trink,
du Finkelfink*)!
Mach's leer, mach's leer,
und denk, *mon cher,* bedenk, *mon cher:*

Wenn KLOTHOS Schere schnappt,
den Lebensfaden kappt,
dann hast du ausgejappt …
Eine Hand
nur voll Sand
birgt, was einmal Schank- und Schlüsselmutter war,
verschlossen drin immerdar, immerdar.

*) Finkel: schwedisch = billiger Schnaps

Epistel Nr. 57

dreht sich um Kindtaufbier

Alles in Ordnung? Ist alles geklärt?
Schmier deine Stiefel jetzt! … Ist schon geschehen …
Stopf dir die Pfeife und zäume dein Pferd,
MOLLBERG, denn du bist zu Großem ersehen!
Du bist erkoren, das Los ist gefallen! …
Was für ein Los, Bruder, wozu erkor'n? …
Schaffe uns Paten! verkündige allen:
Mutter läßt grüßen, ihr Kind ist gebor'n.
Kuck! dem Gaul juckt schon die Köte.
Wie er wiehert, trippelt und hüpft!
Sattle ihn, und die Trompete
an den Hosenträger geknüpft!
Dampfe nun los, du verwegener *steamer!*
Glückliche Reise durch Wälder und Moor!
Schon gibt dem Zossen er eins mit dem Ziemer
und galoppiert durch das offne Tor.
Braust mit Tärätätät
ab wie'n Geschoß.
Einspänner FREIAS, seht!
herrlich zu Roß.

Halt, MOLLBERG, warte! Da wäre noch was …
Hör doch, Momentchen! Nicht so auf die Schnelle!
Kehr nochmal um und probiere ein Glas!
Alter, jetzt stopp dein Kamel auf der Stelle!
Mutter, die hat ein Likörchen gedichtet
eigens zur Taufe – wie Titte mit Most.
Erst wird davon eine Pinte vernichtet,
dann, schmucker Reitersmann: ab wie die Post!
Prost! und denke an die Paten!
Na, was sagt die Zunge zu dem? …
Das ist Regen auf die Saaten,

schmeckt verdammt nicht unangenehm …
So! Aber nun mach ich mich auf die Socken,
hält mich kein Schnassel und schreckt mich kein Knief.
Wo steht der Kirchturm? Wo hängen die Glocken?
Tjüs! Auch kein Rinnstein ist MOLLBERG zu tief …
Was für ne Prachtperson!
Bote, *farwell!*
Glaube, kein Hunnensohn
reitet so schnell.

Halt nochmal, MOLLBERG, den Priem aus dem Mund! …
Schluß jetzt! ich muß über Graben und Schanze.
MOLLBERG hat's eilig. Er pfeift seinem Hund.
Dieser folgt jenem mit hängendem Schwanze …
Kindsmutter, laß ihn, verkneif dir dein Bitten.
Sprengt schon vom Hofe im Bann seiner Pflicht.
So ist Herr MOLLBERG noch niemals geritten,
so engagiert und so hurtig noch nicht.
Patsch! hört man den Ziemer klappen.
Keine Zeit mehr gilt's zu verlier'n.
Seht auf dampfend nassem Rappen
durch die Landschaft ihn galoppier'n.
Über der Mähne, mit hängender Zunge,
kotzend noch grüßt jede Bierbank er stramm.
Steif in den Bügeln, mit letzbestem Sprunge
landet er dort, wo er hin will, gottdamm …
Prost, Freund Budikenboß!
Leih mir dein Ohr!
Ritt so ein faules Roß
niemals zuvor …

Mutter läßt grüßen und bittet zugleich,
unseren Sprößling gebührend zu ehren.
Lade uns Paten, nach Möglichkeit reich,
Leute von Stand und mit Moos an den Scheren.

Kuck nicht so schettrig, ich steh zu dem Kinde!
Ich bin der Vater, ich hab es gemacht.
Damals in DANTO, die niedliche Sünde …
Ich nicht der Vater? Das wäre gelacht!
Absolut vom gleichen Holze!
Brummig schon, wie MOLLBERG genau.
Auch sein Blick, derselbe stolze,
und die Nase: ebenso blau …
Prost! Bruder MOLLBERG, hol CAJSA vom DRACHEN,
BRITTA vom LACHS und den Kneiper vom SOLN.
Reite! Nein, fliege! den Püster laß krachen!
werde nicht müde, das Letzte zu woll'n …
Jetzt seid ihr eingeweiht.
Auf Mutters Wunsch!
Schmeißt euch ins Sonntagskleid!
Ran an den Punsch!

Epistel Nr. 58

über KILBERG, Ordensoffiziant und BACCHI-Gefolgsmann

Kummer im Herzen,
nicht mehr zu Scherzen
stimm die Viole ich, pling – plang.
Glas liegt in Scherben,
Lampe im Sterben.

Nichts mir zum Wohle – nichts! kling – klang …
Offen steht die Tür zur Schenke, Brüder,
hinterm Schanktisch, an der Tränke, Brüder,
liegt Freund KILBERG und erwacht nicht wieder.
Klingeli-plingeli, klingeli-plang.

Kreuz ist Parole.
Auf der Konsole
steht KILBERGS leerer Krug, pling – plang.
An der Tapete
hängt die Trompete.
Ist alles nur ein Spuk, kling – klang.
Noten hier, die seine Augen lasen.
Weihnachtslieder, gestern noch geblasen …
Morgen schon zwei Meter unterm Rasen.
Klingeli-plingeli, klingeli-plang.

Mache Spektakel,
klopf mit dem Bakel.
Niemand hier unterm Dach? pling – plang.
Ist denn kein Aas da?
Steht nur das Maß da.
Und dort, was seh ich? Ach, kling – klang …
Leer das Faß! Es lohnt nicht mehr zu hoffen.
KILBERG hat die Tonne leergesoffen.
Und die Kanne hat der Schlag getroffen.
Klingeli-plingeli, klingeli-plang.

Ich soll vergessen,
Krüge zu messen?
Da gibt es kein Zurück, pling – plang.
Trocken die Lippe?
Komm mit der Hippe!
Ich greife gern zum Strick, kling – klang …
Welt, so fahr denn hin mit deinen Sünden!

Jetzt mag man ein Schnapsverbot verkünden …
Oben werd ich KILBERG wiederfinden.
Klingeli-plingeli, klingeli-plang.

Epistel Nr. 59

an die Gemeinde der Pinte ZUR LUCHSKATZE

Allez, hopp! Courage, Bagage! Zum Gruße, Brüder! Ran an die Buddeln! Schluß mit dem Knobeln! Du Schießbudenfigur da mit der langen Holländerpfeife, hau ab, Nachteimer! Eingeschenkt und hoch die Tassen!

Jej! bullert das Kastell aus allen Löchern! PETTER IVARSSON kommt von Bordeaux.
Der liegt doch im Kattegat, du Dussel.
Prostmahlzeit! Der kommt von Danzig, von Danzig schräg vorm Wind.
Na, was denn sonst! Na klar! Kuck! da sieht man schon die rote Fahne!
Nee, is ne blaue.

Noch ’n Schnaps! Prost! Ich sage, sie ist rot, karmin!
Und ich sage, sie is jrien!
Salü! Salü! Salü! Geigen marsch! Musik! Wachen an die Fenster! Mädchen, winkt sie mit den Hüten her!
Hier kommt das Glas hin … Skål, Vater BERG! Prost! auf PETTER IVARSSONS Gesundheit!
Juhu! und eins auf die Mastspitze!
Ich habe die außerordentliche Ehre, auf die Gesundheit der Mastspitze zu trinken!
Hej! Donnert aus allen Rohren! Salü! Salü! Salü! Wein wird fließen, Doppelbock und Goldwasser, und die Vierkanten-Silbertulpen-Buddeln sollen nur so purzeln! Streichelt die Geigen! Laßt die Trompeten schmettern! Fordert auf zum Tanz! Tanzt, Bachulken*)! Blast, ihr Wiesenpieper!

Bootsmann, schnapp dir ne Bluse!
Priem in die Zähne!
Dreh deine Schöne
wie den Kahn vorm Wind!
Mach ihr nicht gleich ein Kind!
Mädchen, nimm hin die Schmuse.
Laß dich nicht fangen –
nicht von dem langen
Stänker an der Tür! …
Schwitzt Schnaps und Lagerbier.
SJÖGREN heißt der Seifensieder …
Horch! das Waldhorn rülpst schon wieder …
He! auf dich im blauen Mieder/
blauen Mieder,
dich, die schickste aller schönen Galateen,
hab ich es abgesehn!

*) Bachulke: rotwelsch = Hausknecht, Sträfling

Zum Teufel! geh vor Anker endlich SJÖGREN! Könntest du dich nicht in eine Schlunze verknallen, eine im schwarzen Unterrock mit roten *boucles de nuit,* nackt ein Bein, das andere in einem ausgelatschten Satinpantoffel? SJÖGREN, SJÖGREN, hör mal! Wie denkst du über die im gelben Damastrock mit der Strickjacke, die barfuß da am Brummbaß fummelt? ...
Hallo! ...
Nanu! Da kommt bestimmt ein Deutscher!
Denkste! Italiener, mit den zwölf Aposteln aufm Achtern.
Was kostet König DAVID hoch zu Hengst mitsamt dem Herold?
Acht Pötte! ...
Brat mir einer'n Storch! Die kommen alle von Bordeaux.
Zum Wohle!
Ran, ihr Hübschen!
Guten Tag, mein Herr! Zum Wohl, mein Herr! *Dolce vino della pace ...*
Das ist einer, der gern feiert. Noch ein Schnäpschen! *L'ira di Dio arrivera bentosto a questa città ... Regera och besitta! ...*
Guck den Dänen, wie der schlingert! Hopp! Nun mach schon!
Sauf! oder wir verjackeln dich. Hast woll die Hose voll?
Ihr Vollblutpuppen, Wackelärsche ihr! habt ihr nicht fürn Sechser Schamgefühl? Woher nehmt ihr euch das Recht, solchen Krach zu machen auf des *Borgmesters Gate?* Möge euch der Düvel höchstpersönlich auf dem *Raadhus* einlochen!
Sauschweinerei, das ganze!
Los! stoßt in die Trompeten!
God damn you! How do you do? Not so dumm Tük machen, *you!*
Schnaps ran und Bier!
Salü! Stoßt in die Trompeten!

Jetzt soll Musik es sagen!
Nymphen flanieren,

Sterne brillieren
rings am Firmament.
Nun blast, so laut ihr könnt.
Jeder darf alles wagen –:
tanzen und zechen,
Lanzen zerbrechen
als ein Kompliment
für FREIAS Regiment.
Stimmt in meine Kanzonetten!
Sollte euch das Herz verfetten –:
Nur die Liebe kann es retten/
kann es retten.
Folgt euerm FREDMAN! Seht, wie er es macht!
Trinkt immer! Tag und Nacht.

Epistel Nr. 60

an den Winkeladvokaten KULKUS oder Ein verbürgtes Gerichtsverfahren

Kulkus, alter Pintenbruder,
Weinvertilger ganzer Fuder,
schwindle weiter, krummes Luder!
Repetier den Schmus! …
Die Verhandlung ist im Gange.
Keine Sorge, keine Bange!
Auch der Präses hält zur Stange.

Teilt, ihr zwei Filous,
euch nur redlich die Gewinne!
Gießt sie fleißig durch die Rinne!
Prost! Auf unser Jus!

Ehebruch wird hier verhandelt.
Ist Frau WINGMARK fehl gewandelt?
Diese hat schon angebandelt –:
Präses ist geschmiert.
Kulkus kann Madam entlasten,
läßt paar Schwüre aus dem Kasten,
macht den Kläger zum Phantasten,
der kein Wort kapiert.
Recht ist Recht und nicht zu beugen!
Er verdreht dabei die Äugen
fromm und raffiniert.

Tropfend wie ne lecke Lampe
steht Beklagte vor der Rampe
beide Hände auf der Wampe
und dem Kuckucksei.
Präses krault sich die Perücke,
findet im Gesetz die Lücke,
räuspert sich, nimmt ein paar Schlücke,
spricht Beklagte frei.
Punktum. Wo die Roben schlafen,
schläft auch samt den Paragraphen
die Juristerei.

Epistel Nr. 61

an die Zapfmutter der Pinte ZUM VIERECK

Hoch das Bein!
Mamma, raff die Röcke!
Wiege dich im Specke,
setzt die Fiedel ein.
MOVITZ, ran!
laß die Saiten schmatzen,
laß die Quinte platzen!
Spitz den Bogen an!
Streiche, zupfe, sauf und poche,
daß selbst Satan sich im Loche
dran erwärmen kann.

Mamma, lauf!
Schluck hol ran und Kallen!
treibst du auch nur Schnallen,
halbbestußte auf.
Auf den Spund!
Wein für die Musike!
denn in der Budike
geht es heute rund.
Heißa, Hoppsa! Bums und Puten,
Schlägerei und Nasenbluten
braucht ein Vagabund.

Epistel Nr. 62

betrifft den letzten Ball auf GRÖNA LUND

MOVITZ, den Priem in der Backe,
greift zum Waldhorn, führt es zum Mund.
Rührt schon zur Polka die Hacke –

schreit dann: Ihr habt wohl ne Macke! …
Schafft erstmal Ordnung durch Knuffe.
Krückstöcke fliegen und Muffe.
Anfangs geht's hier allemal rund.
Hirschfänger sieht man sie wetzen …
Gehröcke werden zu Fetzen …
Stimmung! Stimmung auf GRÖNA LUND.

Kuck! wie sie stehen und gaffen
auf die neue Wandmalerei,
offen Mauls wie die Affen –
Hälse, so lang wie Giraffen.
Damen schaun tanzend zur Decke:
Nymphen und klassische Böcke
verlustier'n sich dort fröhlich und frei.
Sind auch erdacht jene Fluren
und nur gemalt die Figuren,
lernt der Mensch trotzdem allerlei.

Seht euch mal um hier, Verehrte!
Fast die ganze biblische Welt,
Päpste und heilige Bärte,
GOLIATH selbst mit dem Schwerte,
Engel, berühmte und kleine,
DAVID mitsamt seinem Steine,
sind von der Firma HOFFBRO*) erstellt.
ABSALOM auch auf dem Gaule,
dito AHASVER, der Faule,
hier auf ESTER, der das gefällt.

*) Hoffbro: Dekorationsunternehmen, Spielkartenfabrik

MOVITZ, kuck! PHARAOS Rinder
weiden fromm im knietiefen Kraut.
NOAH steht da im Zylinder,
Regen ersäuft alle Sünder …
Dort reitet Königin DISA!
Hier fährt gen Himmel ELISA,
jener erste Astronaut.
Brille schieb schnell auf die Nase! …
Prächtig! SUSANNA im Grase,
reizend diese schlohweiße Haut!

Reiße dich los, MOVITZ, Alter,
Bist jetzt dran … Da flöten sie schon!
Festmarschall schaukelt wie'n Falter.
Folg seinem Wink, Kerl! dir galt er.
Damen in feschen Gard'roben
raffen schon sachte die Roben,
warten nur auf dich noch, mein Sohn …
Schnell! die Minuten vergehen.
Laß eine Polka entstehen!
Angetreten! Formation!

MOVITZ, das Horn in den Pfoten,
legt nun los. Die Ballnacht beginnt.
Töne, exakt nach den Noten,
kollern wie Perlen aus Schoten.
Dann wieder bläst er Attacke,
furzt ganz gemein aus der Backe
einen infernalischen Wind.
Unter dem flackernden Lüster
tobt er wie Sturm in der Rüster,
daß dir glatt die Spucke gerinnt.

Laut hallt die Tanzmusik wider,
scheppernd zwischen Pfeiler und Wand.

Alte versoffene Brüder
schwenken gewaltige Mieder.
Etliche schaumeln ganz offen …
Damen, ein paar, sind betroffen,
finden das denn doch allerhand;
winken ner Droschke, verschwinden.
Andere möchten was finden.
Sie bequackelt MOVITZ charmant.

Komm, Süße, komm, WILHELMINCHEN,
Augen zu und rin in den Mud!
Patschhändchen geben, REGINCHEN!
MOVITZ kennt sein Kaninchen …
Du, mit dem Mus um die Lippen,
nicht aus den Pumphosen kippen!
Pull mal'n bißchen zu, oller Butt!
Hoch mit den Stelzen, mein Schnuckchen! …
Über dergleichen Fikuckchen –
kuck! das Mannsvolk lacht sich kaputt.

Zieh erstmal hoch! schreit ne Flotte,
kochst ja bloß noch Spucke und Sprit!
Komm mit der Tute zu Potte! …
Lachend formiert sich die Rotte.
WINGMARKS verblich'nes Karnickel
hat einen Drechsler beim Wickel,
wabbelt wie Teig in der Bütt.
Rostroter Busen – au, Backe! –
klebt an des Holzwurms Schabracke,
und der Zollstock hopst immer mit.

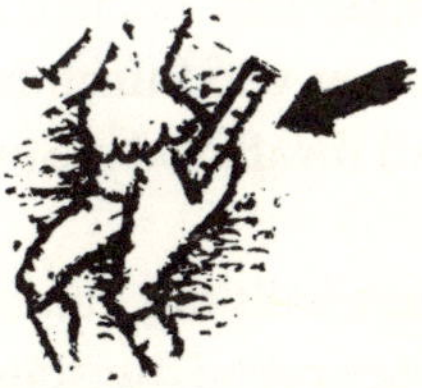

Aufstampfen jetzt mit den Hacken!
Mit den Händen, alle: Klack-Klack!
ULLA, auch dir fällt kein Zacken
aus deiner Krone beim Klacken.
Kriecherchen machen zu Vieren! …
He, Dame ULLA, parieren! …
Mensch, hast du ne Meise im Frack?
Damen, die stehn an der Ecke.
Such dir doch da eine Schnecke! …
Los! Musik jetzt! Blas, faules Pack!

WINGMARK mit stolzem Gelocke
prustend macht ner Nymphe den Hof.
Vorhemde schlenkert dem Bocke
über dem Bauch wie ne Glocke,
legt, nach Benehmen von Pintern,
ihr gleich die Hand auf den Hintern,
grinst beim Tanz so bieder wie doof.
Schief seinen Hut auf dem Moose,
hastet mit hängender Hose
dann zum Faß der Bierphilosoph.

Schaukelt im Takt eure Wampen!
Bleibt im Kreise! Haltet den Ring!
Kommt mir dabei, edle Schlampen,
nicht mit dem Arsch an die Lampen!
Rein in den Ring mit dem Drechsel!
Tanz jetzt die Dielen zu Häcksel!
Halt dich wacker, häßlicher Fink!
MOVITZ, das Horn an die Schnute!
Donnere! Stoß in die Tute! …
BERGSTRÖM, Stoff ran! aber mal flink!

Gäste, bis hin zur Toilette.
Alle woll'n die Bierprobe sehn –:

Trink mit dem Wirt um die Wette!
Schaffst du danach die Stafette,
bist du der König des Balles –
Hundsfott, jedoch andernfalles …
Drechsler säuft – man muß es gestehn –
heldenhaft, tanzt dann wie'n Recke.
Staub wirbelt auf bis zur Decke.
Schafft 's doch dieser Biersouverän!

Weiter! von Sprosse zu Sprosse.
Angetreten! Tempo! *À tout!*
MOVITZ, schaff Ordnung, Genosse! …
Bitte, ein Lied aus der Gosse!
Mädchen, stampft auf mit dem Absatz! …
Kuck doch mal den da, den Dummbatz!
Ach, und die erst! die olle Kuh –:
Schnurrbart mit Stichfleisch und Schinken,
Busen, darin zu ertrinken!
Säbelbeine auch noch dazu …

Sagten Sie Kuh, Sie, Sie Flegel?
WINGMARK nickt nur. Drechsler sieht rot.
Frechheit, Gemeinheit, infame!
Ich bin verlobt mit der Dame!
Sagt's und setzt dem, nach der Regel
solcher, die Faust auf den Kegel,
respektive drischt ihn halbtot.
So ging auch WINGMARKS Perücke
und seine Stimmung in Stücke
und sein Ansehn – Schockschwerenot.

Seht ihn, vernichtend geschlagen,
an der Tür herumlamentier'n …
Drechslers Verlobte, im Magen
spürt die Verdauung versagen …

Kneiper den Holzwurm vermetert,
bis der nicht muckst mehr und zetert;
darf nun seine Knochen sortier'n …
Himmel! was ist mit der Schnalle?
Fehlgeburt! … Mitten im Balle.
Schrecklich! aber – kann schon passier'n.

Nur Madam BERGSTRÖM alleine
hüpft noch unterm schwelenden Kien …
Polka … Tatü! auf die Feine.
Aufhören! Die – oder keine! …
Fenster stehn offen und Türen.
Kriegst nun den Nachtwind zu spüren.
Auch der erste Bulle erschien.
Zeit, MOVITZ, sich zu verdrücken.
Wind und Polente im Rücken …
Solche Bälle sind der Ruin.

Epistel Nr. 63

verfaßt an einem Mittwoch

Vadder BERGSTRÖM, leg los und töne!
Knöpf das Hemd oben auf und dröhne!
Sorg, daß gleich jeder seine Schöne
fordert auf zum Tanz.
Jeder soll seinen Schatz bedienen
mit Likör, Waffeln und Pralinen.
MAJA gießt flott in die Terrinen
Zwetsch und Pomeranz.
Jeder hat einen auszugeben!
Jeder läßt einen jeden leben …
BERGSTRÖM, Freund, laß das Zwerchfell beben,
töne mit Brillanz!

Seht! da tanzt ein Wesen –:
Diese rosarote seidne Pracht
hat's vom Stubenbesen
zum Baron gebracht.
Ihre Abwaschhände
sind beringt und blendend manikürt.
Herren höh'rer Stände
sind ganz fasziniert.
Wie sie schick mit dem Fächer rudert!
Knabbert Keks und lacht süß verludert!
Wie sie sich ihren Busen pudert –
völlig ungeniert!

Vadder BERGSTRÖM, beim Mond, dem prallen,
Harfe laß jetzt im Saal erschallen! …
MAJA schiebt sich nen dicken Ballen
Tabak ins Gebiß.
Draußen schon, hinter allen Büschen,
schimmern hell Röcke, Strümpfe, Rüschen.
Geht euch schnell eine Nymphe fischen
in der Finsternis!
Montag steht noch nicht auf der Liste.
Montag ist eine ferne Küste.
Wenn man nicht immer denken müßte:
Montag kommt gewiß …
Wählt die Nacht zum Wächter!
Steht die VENUS funkelnd überm Land,
dann nehmt ihre Töchter
und das Glas zur Hand!
In der dunklen Laube
segnet euch CUPIDO zärtlich ein.
Laßt den Gott der Traube
euern Zeugen sein! …
Soll der Narr seinen Karren ziehen,
Schlaukopf gern sich das Hirn verbrühen!

FREDMAN wird sich um Lust bemühen –:
Mädchen, Tanz und Wein.

Epistel Nr. 64

über den letzten Ball bei FRÖMANS im HORNHAKEN

Schämst du dich gar nicht, du dämliche Trine?
wagst dich zum Ball ohne Strümpfe und Schuh?
Hopst wie ne Padde in deiner Pel'rine,
schmeißt dich an Fräcke mit Orden, du Kuh! …
MOVITZ, wo bleibt dein süßer Tenor?
Spiel uns was vor!
Das Waldhorn bölkt.
Die Fiedel schwelgt.
MOVITZ, nicht feige,
stimmt seine Geige,
stopft sich ne Pfeife – schon das virtuos! –
pafft erst und pustet,
trinkt, schluckt und hustet,
springt auf den Schemel, und dann legt er los.

LOTTA mit Golduhr! Nun beiß mich die Schnecke!
Kleid aus geklauter Gardine vom Bett.
Blume von SKOTT GRÄND und Stenz von der Ecke,
Backe an Backe auf diesem Parkett …
MOVITZ, dein Streichbrett, scheint's, ist verstimmt …
Red keinen Zimt …
Nu, sieh mal den! …

Den Kapitän?
Sicher ein Schwede …
Quatsch! keine Rede.
Könnte der Wampe nach ein Däne sein.
Kuck! sieh ihn gähnen!
Das tun nur Dänen.
Derart Gefieder sollte hier nicht rein.

Da in der Bluse, der strammen, die Mieze,
die mit dem Steuermann bei der Gavott –:
Zwei Tage stricktse – drei auf'm Kieze*),
dann vor den Richter und ab ins Kaschot.
Aber ein dufter Mittelbereich –:
der Biene gleich! …
Blas du dein Horn! …
Kuck mal! da vorn:
Ist das die Wache? …
Glotz nicht und mache! …
Stürzt sich der Stürmann auf den Kaptain?
Wird's ihn erwischen? …
Misch dich nicht zwischen!
MOVITZ, bleib hier! Riskier nicht Hals und Bein.

Stechmänner blitzen, und Nymphen erbleichen.
Knüppel und Klingen zerspringen … Krawall!
Kinnbacken, schiefe, ein paar halbe Leichen,
blutige Fressen –: ein herrlicher Ball!
MOVITZ starrt mit ner Delle im Dach
der Bluse nach.

*) Kiez = anrüchiger Stadtteil, Strich

Dann ohne Zorn
stößt er ins Horn.
All seine Werke
zeugen von Stärke –
Liebe und Suff – was immer er betreibt …
Liebe will sprießen.
Wein, der muß fließen …
Abzieht Polente. Aber BACCHUS bleibt.

Epistel Nr. 65

auf den Tod der Steuermannstochter GRETCHEN, dem von der Tuchfabrik

He, MOVITZ! ganz in Schwarz? Wieso?
Gehrock und Chapeau,
Flor am Paletot
und extra tip-top rasiert.
Kragen – blutverschmiert!
Was ist denn passiert?
Wo bist du gewesen? Bist so verschwollen, mein Bester! …
Na, wo? Beim Begräbnis einer Schwester.

War da'n Gedränge, ein Geschrei!
Gab ne Keilerei,
kam auch Polizei.
Von GRÖNLUND der Wirt, das Schwein,
schlug mir's Zahnfleisch ein.
Alles kurz und klein!
Kuck an, wie das aussieht! Unten, da fehlen zwei Zähne
und oben da, glaub ich, auch zwei schöne.

Mir quillt die Träne – schau! spontan.
Ich sah CHARONS Kahn,

sah sein Opfer nah'n …
Ein Stern unsrer Nymphenschar,
der so strahlend war,
fort für immerdar!
Das GRETCHEN, du weißt doch! die aus der Tuchfabrik, jene.
Singt droben jetzt ihre Kantilene.

In steifes Leinentuch gehüllt,
lag, die einst so wild,
wie ein Engelsbild,
ne Tulpe am Kamisol
– roch nur leider wohl
bißchen nach Karbol –
mit Hut, Schal und Handschuhn – ganz wie im Leben gerichtet.
Ein Lusthaus der Liebe ist vernichtet.

Sie war verlobt – na gut, na schön –
mit nem Kapitän.
Sah'n am Grabe stehn.
Heißt – Augenblick! warte mal …
Ist ja auch egal …
Nix mehr mit Gemahl …
Ne Pracht! Seh sie vor mir, plastisch, mein Gott, könnt' sie greifen,
laß ich die Gedanken nur mal schweifen.

Die Flamme, die von Gott gesandt,
See sowohl wie Land
wunderbar verband –
erloschen … Das GRETCHEN war
Herd und Hausaltar,
unser Morningstar …
Hört her! Laßt die Glut uns, Freunde, im Herzen bewahren.
Soll all unser Schmerz ins Schnapsglas fahren!

Epistel Nr. 66
handelt von MOVITZ, dem Maler

MOVITZ vor der Staffelei
sitzt und malt ein Konterfei.
Süße Qualen
leidet er dabei …
Farbenpötte, dicht bei dicht.
Seine Werkstatt schwimmt im Licht,
seht ihn malen!
Einfach ist das nicht!
Fast ein Bild für sich, wie MOVITZ hingerissen
vor der straffen Leinwand pinselwetzend hockt.
Eine Hirtin malt er, einen Leckerbissen
sozusagen, bunt umblüht und schön belockt.
So ein Goldstück, blank und neu,
fände jeder gern im Heu.

Wirkt er in dem Samtjakett
mit dem schwarzen Filzbarett
leicht verwegen
– sicher kaum honett –
zeugen Schmiß und Akribie
und die Malart – grade die! –
dahingegen
deutlich von Genie!

Von dem Augenschirm, dem grünen, fällt ein Schatten
auf die rote Nase, daß sie lila bleckt.
Jetzt schiebt er die Brille über die Lapatten –
sicher sucht er einen neuen Farbeffekt …
MOVITZ, wenn dein Werk gelingt,
denk, was dir an Wonne winkt!

Kuck! wie stolz die Hirtin sitzt.
Königlich ihr Auge blitzt.

Ihre Wangen,
sanft von Lust erhitzt.
Klassisch: Taille und Gestalt;
Haar, so dunkel wie Asphalt,
das in langen
Locken niederwallt.
Und die Brüste beide, die kein Mieder schonen,
hochauf wogend; drin ein Kreuzchen von Rubin.
In der Tiefe drunter blühen Anemonen,
eine Gunst, die diesen einmal nur verliehn …
Wenn auch noch so gut bezahlt –
wer kriegt das schon hingemalt?

Pause. Mach die Flasche leer!
Weißt doch, Alter, um so mehr
Geistesbrühe
gibt die Muse her.

Male die Details adrett,
so als seien die komplett
deiner Mühe
Preis im Hochzeitsbett.
Bald scheint VENUS das Gemälde zu umschweben,
bald trifft unsern Künstler AMORS scharfer Pfeil.
Alles, was sein Pinsel stiftet, scheint zu leben,
selbst noch unterm Schleier der und jener Teil …
Auch der kleinste Tupfer spricht:
Besser kann's APELLES nicht.

MOVITZ, seht! mit Leidenschaft
– wenn auch fast mit letzter Kraft –
unerreicht dann
die zwei Knospen schafft;
er enthüllt das schöne Fell
dazu kunstgerecht und schnell
und vergleicht dann
seine am Modell.

Kichernd mit den Wimpern wedelt jetzt die Nymphe,
legt das Halsband ab – der Busen ist schon bloß –
löst den Rock gemächlich, macht sich an die Strümpfe.
Da reißt MOVITZ sich von seiner VENUS los,
die nach dieser flotten Magd
er gestaltet, wie gesagt.

Epistel Nr. 67

an die HAHNENWIRTIN

Vadder MOVITZ, ran!
Die Stief'letten zieh an!
Laß hören mich dein Waldhorn sodann!
Stampf den Takt zu, mein Sohn!
Ja, ich sehe schon,
du Hund hast Kondition!
Schmier dir den Schnurrbart noch schön *black,*
die Fässer stell auch an ihren Fleck!
Mach die Theke frei!
Du hast Kraft für zwei
und Saft wie'n Baum im Mai.

Mamma, hör mal zu,
so phantastisch wie du,
ist keine … Denk ich auch, du *filou.*

Hab dabei aufm Ast
meine Siebzig fast,
doch leg ich, wenn mir's paßt,
glattweg ne Riege Kerls ins Gras.
Das kriege ich fertig! Staunste, was?
Fühl mal an die Bucht!
Diese Busenschlucht –
ist das nicht eine Wucht?

Siehst noch aus wie'n Knecht.
Zieh den Strumpf hier zurecht!
Putzt du die Stiefel immer so schlecht?
Da sind Bürste und Schmer …
Macht man so –: Kuck her!
Ja, ist das denn so schwer?
Fall in die Flaschen nicht partout!
Jetzt knüpf die Gamaschen noch hübsch zu!
Bist nun ganz in Schuß.
Nun mal her den Schnuß!
Ich kriege einen Kuß!

Nimm dein Waldhorn, lauf!
Alle Fenster sperr auf
und blas die flotten Miezen zuhauf.
Kuck! da rollt schon was an.
Ist ein Prachtgespann.
Renn hin und hol es ran!
Mach deinen Bückling, sag *merci!*
Das Pack halt uns hübsch vom Leib, *compris?*
Mit Hallo und Schall
fahr von Stall zu Stall!
Hol ULLA auch zum Ball.

Junge, was fürn Staat!
Was ein Glanz von Brokat!

Und Golduhr, Golduhr, Golduhr, Kamrad!
Kuck! da steht unser Fratz.
Gib ihr'n schönen Platz!
Ein Tusch! Musik, Rabatz!
Schlauch dich jetzt voll, mein Sohn, und hau
die Sittenpolypen aus dem Bau!
Drisch wie'n Leibhusar!
Teufel, komm und fahr
in Bluse, Rock und Haar!

Mamma, *mère du coq,*
unter jeglichem Rock
sitzt jetzt bestimmt so'n pechschwarzer Bock! …
Sind die bissig? Und wie!
Keine Angst, Marie!
Bin ich auch blau wie nie,
leg noch paar Ischen ich ins Gras
mitsamt den Böcken. Staunste, was?
Ist schon höchste Zeit.
Also: Weißt Bescheid.
Adieu, Madam, *good night.*

Epistel Nr. 68

betrifft den Ball bei MOLLBERG

MOVITZ, bei MOLLBERG ist Ball.
Tatsache! da in dem Stall.
Siehst dort du die Fichte?
Dahinter die Latüchte?
Genau! Und da ist Ball.
Steht ne Kontrolle vorm Haus.
Mach dir ganz einfach nichts draus.
Das Horn vor der Schnute,

geh einfach durch und tute!
Wirst sehn, daß man dich läßt …
Mond gibt auch ein Fest!
Ist eine Nacht zum Malen.
Alle Sterne strahlen …
Brauchst nichts zu bezahlen.

MOVITZ vor MOLLBERGENS Tor,
hallt es wie in einem Chor.
Trag hier seine Schnulze
von gestern auf der Dulze*)
nochmal mit Andacht vor! …
ULLA am Fenster! Hallo!
Schwester, tu auf das *château!*
Der Knilch macht Spektakel,
bedroht uns mit dem Bakel …
Du Hund von Korporal,
laß uns in den Saal!
Läßt du uns nicht passieren,
kriegst du was zu spüren,
geht dir's an die Nieren!

Schwester, charmante, hab Dank!
Erst macht der Stromer Gestank,
doch dann kneifen solche
kaputten Vorstadtstrolche,

*) Dulze: Machwort aus Dulzian, einer Art Flöte

zieht unsereiner blank …
Prost! Madam WINGMARK, *allons!*
Das war ein Schnäpschen – *très bon!* …
Die Fraun wollen sich drehen.
Ich laß Musik entstehen,
beweg die Damenschaft …
Ran jetzt mit dem Saft!
Den Bauch voll süßer Lymphe,
mach ich mit ner Nymphe
mich dann auf die Strümpfe.

MOVITZ, du blöder Kapaun!
Kerl, was verstehst du von Fraun?
Hätt'st CAJSA du eben
ein Schnäpschen ausgegeben,
sie wär nicht abgehaun …
Massen von Kuchen und Wein.
Joi! haun die Herrschaften rein.
Die BERGSTRÖMSCHE grade
kommt aus der Karbonade
und watet wie ein Schwein
durch das Gänseklein.
Kuck da! die fette Nixe
leert die Waffelbüchse,
MOVITZ, deine Schickse.

Stoß in dein Waldhorn, Falott!
MOLLBERG, der ist wieder flott,
fegt durch die Gemeinde
wie'n Grenadier am Feinde
und schwebt dahin wie'n Gott.

Weste mit Flecken bedeckt,
Hemde zerrissen, verdreckt
und schwarz wie seine Stiebel.
Seht! Kübel stemmt um Kübel

der brave Biersoldat.
Tat folgt nun auf Tat:
Krakeelen, Rammeln, Raufen,
Stinken wie ein Haufen.
Nummer eins bleibt Saufen.

Epistel Nr. 69

über MOLLBERG und seine Kunst als Tanzmeister

Brüder, seht! da lehnt der Meister
MOLLBERG am Paneele.
Tanzen lehrt er, Lehrer heißt er
und macht sich nur heiß.
Lehrt er auch mit Leib und Seele,
blühn auf keiner Diele
so verrückte Kinderspiele,
rührt er nur den Steiß.

In seinem Schumm
sprang MOLLBERG übern Tischchen
in einen Kumm
mit eingelegten Fischchen.
Seht! vom Frack tropft ihm die Lake,
wankt noch wie eine Krake –
schon beginnt er sein Gestake
und gerät in Schweiß.

Seht! der Keeper der Budike
glotzt perplex den Mann an;
kratzt sich erst die blanke Mieke,
lacht dann wie betickt …
MOLLBERG ruft: Paß auf, so macht man
diesen Dreh, den kleinen!
rollt auf seinen Säbelbeinen,
windet sich geschickt.
ULLA hat's satt;
sie will sich schnell verdrücken,
aber da hat
sie MOLLBERG schon am Rücken.
Ein Gerangel, ein Gequieke –
alles mit Musike …
ULLA kämpft wie eine NIKE,
MOVITZ ist entzückt.

Laß das, Scheusal! … Kennst du MOLLBERG! …
Hüte deine Rübe!
Pfoten weg! olles Bollwerk,
bin doch kein Klavier.
Nichts als Kummer bringt die Liebe,
denk ich nur an Pfingsten.
Doch ich spür nicht den geringsten
Widerstand in mir …
Mein Menuett,
wie das wohl geht, was meinst du?
Muff und Florett!
Ach, ULLA, Kind, was weinst du?
Süße, laß die Götter walten!
Tränen machen Falten.
Dummheit, sich so aufzuhalten,
komm schon! Tanzen wir!

Unfug, Dummchen! Heck nach hinten!
Nicht so zaghaft, bitte!
Leuchten laß die Hyazinthen!
Zeige, was du hast!
Ach, schon wieder diese Schritte,
rein den linken Hacken!
Kriegst gleich Moppe*) in den Nacken,
mach dich drauf gefaßt.
Rutscht dir der Strumpf?
Nun wackel nicht wie'n Eisbein!
Locker den Rumpf! …
Was sagte ich vom Steißbein?
Bürzel einwärts, noch ein bißchen!
Keine Kompromißchen!
Endlich! Prima! Küßchen, Küßchen!
Komm, du süße Last!

Reich mir deine Hand, mein Leben!
Vor die linke Keule!
Die doch nicht! … Und höher heben!
Und noch einmal: links!
Steh jetzt wie ne Tempelsäule!
denn nun kommt die Kette.
Achtung! rum mit der Lafette!
Für den Anfang ging's.
Mach schön ei-ei,
tu dich zu Eins verneigen
und Nummer Zwei
dabei den Achtern zeigen!
Hopp! nun wieder in die Höhe!
und nicht wackeln, wehe!
Sanft dich in der Taille drehe,
lächelnd wie die Sphinx.

*) Moppe: mdal. = Schläge

Jetzt muß ich mal einen kippen;
dann geht's aber weiter
wie der Nordwind durch die Klippen –
Kennst du MOLLBERG schlecht!
Immer höher auf der Leiter …
Weiter! ULLA, bitte,
nicht so hölzern in der Mitte
wie ein Stiebelknecht …
Laß deine Brust
auf meiner Weste wogen!
Hab meine Lust
an deinem Schambeinbogen.
Laß den Rock den Boden fegen,
sing auch meinetwegen!
ULLA, hol dir MOLLBERGS Segen,
kröne dein Geschlecht!

Epistel Nr. 70

berichtet über Vorkommnisse im ARTILLERIELAGER anno 1773

Korporal MOVITZ, auf von der Schütte!
Horch! wie die Trompete gellt.
Hör doch die Trommel! Hör nur die Schritte
deiner Mannschaft vor dem Zelt!

MOVITZ! sieh die Abendröte schwelen,
Posten krakeelen,
Kutscher befehlen,
Kneiper sich quälen …
Kling – klang!
Längst schon ist der Krieg im Gang.

Schon hüllt der schwarze Dampf der Kanonen
MOVITZ' Zelt in Ruß und Nacht.
Tapfer im Donner krachender Bohnen
ziehn die Krieger in die Schlacht.
Trommler Zivilistenohren schlauchen,
Wachtfeuer rauchen,
Bleikugeln fauchen.
Überall krauchen
– toi – toi! –
Fräuleins schon vor Angst ins Heu.

Kuck! deine Leute rennen und schwitzen!
Wütig gehn die Kerle ran.
Jetzt in den Gräben, vor den Haubitzen,
drängen sie sich Mann bei Mann.
Harte Kriegeraugen Blitze senden,
wenn in den Ständen,
Lunten in Händen,
Mörser sie wenden.
Und dann:
Kugeln sausen in den Tann.

MOVITZ, wach auf! die Herrn Kommandeure
rufen euch zum Bataillon.
Sauber formieren sich wieder die Heere.
Helm ab! zum Gebet, mein Sohn.
Kannst bereits die Abendandacht hören.
Eichen und Föhren,

Protzen und Röhren
hallen von Chören.
MOVITZ,
höre doch! Man ruft dich schon.

Sonne verschwindet rot hinterm Bühle …
MOVITZ, Bruder, aufgewacht!
Siehst du die Droschken, Staub und Gewühle,
wo der Weg die Kurve macht?
Schwärme schöner Frauen nahen, alle
euch zu Gefalle,
Gräfin und Schnalle.
Mitten im Schwalle
strahlt hold
VENUS, dein Soldatensold.

Kuck! sie hat's eilig, dich zu erreichen:
flott mit Schirm und schick wie nie,
ULLA, die Göttin, prächtig auf Speichen.
Keuchend geht der Gaul ins Knie,
bäumt sich wiehernd auf, die schmucke Mähre,
gibt sich die Ehre,
springt aus der Schere,
fegt in Karriere
– schau nur! –
wieder zu OLYMP *retour.*

Säume nicht, MOVITZ! wirf dich ins Grüne,
an ihr Herzchen, schau! wie's wippt.
Denn ihre schmucke, schwippe Vitrine,
wie du siehst, ist umgekippt.
Zünd statt Lunten HYMENS Fackeln heute! …
Seht nun, ihr Leute –:
So eine Beute
machte kein Teute.

Mon dieu!
Göttern blüht sie nicht im Klee.

Epistel Nr. 71

an ULLA, auf FISKARTORPET am Fenster, eines Sommertages um die Mittagsstunde

ULLA, mein Liebling, was soll ich dir bringen?
Erdbeern, gezuckert, mit Milch und Wein?
Oder Karauschen, noch frische, die springen?
Oder soll's nur ein Glas Quellwasser sein?
Wind, der Bandit, spielt mit Gattern und Türen …
Riechst du die Blumen, Gras und Tann?
Hinter dem Dunst ist die Sonne zu spüren …
Schau dir's an:

Einfach himmlisch, dieses Nest im hohen Ried –
zumal, wenn hier die Wiesen blühn!
Und die stolzen Stämme, schön in Reih und Glied,
im jungen Grün!
Dieses Busens Delle –
ach! zum Greifen nah …
Ferner dort, die hübsche Stelle –
jene da! …
Wiesen, sanfte Auen,
Samt- und Seidelbast –
schon himmlisch fast/
schon himmlisch fast!

Was für ein Tag! meine Schöne im Fenster.
Hörst du die Glocken Stockholms von See?
Schau nur! der wirbelnde Staub dort, wie glänzt er
hinter den Droschken auf weißer Chaussee …
Fällt fast vom Sattel, dein Kommilitone –:
Schnell mach das Fenster zum *buffet!*
Gib mir'n Stück Zwieback und dann ne Gallone
Beaujolais!

Einfach himmlisch, dieses Nest im hohen Ried –
zumal, wenn hier die Wiesen blühn!
Und die stolzen Stämme, schön in Reih und Glied,
im jungen Grün!
Dieses Busens Delle –
ach! zum Greifen nah …
Ferner dort, die hübsche Stelle –
jene da! …
Wiesen, sanfte Auen,
Samt- und Seidelbast –
schon himmlisch fast/
schon himmlisch fast!

Frei hat mein Hengst jetzt, zum Stall galoppiert er
stampfend und wild, daß der Rasen stiebt.
Noch in der Stalltür ein Auge riskiert er,
weil er wie alles und jeder dich liebt.
ULLA, wie kamen die Gluten zusammen,
daß du die Herzen so durchlohst?
Vor dir am Gatter – wie steh ich? In Flammen!
ULLA, Prost!

Einfach himmlisch, dieses Nest im hohen Ried –
zumal, wenn hier die Wiesen blühn!
Und die stolzen Stämme, schön in Reih und Glied,
im jungen Grün!

Dieses Busens Delle –
ach! zum Greifen nah…
Ferner dort, die hübsche Stelle –
jene da!…
Wiesen, sanfte Auen,
Samt- und Seidelbast –
schon himmlisch fast/
schon himmlisch fast!

Epistel Nr. 72

gesungen eines späten Abends an CAJSA LISAS Bett

Nymphe, mein Stern, laß dich bestaunen!
Hafen der Wonne, schwebend in Daunen.
Sanft ich erbreche
die Festung der Schwäche.
Schau! der Docht verlischt diskret.
Weiß ein schönes Nachtgebet.
Fenster ist dicht, Tür ist verriegelt,
unser Gelaß so gut wie versiegelt;
Herrn NORSTRÖMS Hose, die
hängt längst schon im Logis.
Schlaf ein bei meiner Melodie!

Buchfink, den Kopf unter dem Flügel,
schläft schon. Die Sonne, rot wie ein Ziegel,
glimmt in den Spalten.
Fern, fern schon, verhalten,

grollt der Donner überm Meer.
Kam noch grade trocken her.
Über dem Sund gießt es jetzt mächtig!
Glühend ein Bogen wölbt sich dort prächtig,
in Purpur, Grün, Kobalt,
so jung, so neu – so alt!
hoch über See und dunklem Wald.

CAJSA, mein Lied soll dich entzücken,
bis sich nach vier die Sterne verdrücken.
Wirst dich dann recken
und sehnsuchtsvoll strecken
deinen schönen Arm nach mir,
meinem Leib und seiner Zier …
CAJSA, du stirbst? Welt bräch in Scherben!
Ist nur das Fast-vor-Seligkeit-Sterben …
Schlaf ein, das Herz hält Wacht.
Mein Spiel ist nun vollbracht.
Schweig, Geige, schweig! Gut Nacht, gut Nacht.

Epistel Nr. 73

über JERGEN PUCKEL, wie der sich in der Ballnacht dem Teufel verschrieb

Heut ist der Teufel los, heizt uns den Kessel.
Zu Kleinholz macht Stühle und Sessel,
Herren und Damen!
Und nur nicht erlahmen! …
Satan schließt hier einen Pakt.
Hängt die Girlande
über das Faß!
Los! faule Bande,
und her mit dem Naß! …

Zitternd und schwankend
naht JERGEN. Schwer ankend
liest er den Kontrakt:
Ach, ich bin voll eitel Sünde!
My Vertrag bis heute war.
Ich dem *devil* mich verbinde
noch zwei Jahr!
Will den Mädchen Kinder machen,
erster sein bei *dance and play*,
mich mit meiner Frau verkrachen
every day –
wegen all und jeder.
Tinte her und Feder!
Hiermit bin ich dir verfallen, wo ich geh und steh.

Spute dich, LOTTA, und fege die Stampe!
Beeil dich gefälligst, du Schlampe!
Mach alles dicht dann
und zünde das Licht an!
Heb deine Latschen und flieg!
Trippt dir die Nase?
Schnief in den Rock!
Stopp deine Blase! ...
Wat is denn dä Klock?
Wisch noch die Stufen!
Den MOVITZ geh rufen!
Weiter! mit Musik ...
Mit *my* eigen Blut ich setze –
ei, verflucht! *my* Signatür.
Give me in des *devils* Netze
für *and* für.
Will in seine Spuren treten
– Churche is mir schnurzegal –
only bloß zur Buddel beten
im Lokal,

truely hic et semper.
Stockholm im November,
manu mea propria, im Wirtshaus ROSENTHAL.

Epistel Nr. 74

dreht sich um das Porträt der Frau BERGSTRÖM

Min Söhn,
alles klar? Napf und Schale?
Ist dein Pinsel jetzt startbereit?
Also denn: ran mit Schneid!
Die junge VENUS male!
Min Söhn,
macht sich mausig der Wirt, der Vandale,
hör nicht hin, schau nur mich an und male!
Wär nicht ein Tuck obszön
das Ideale?
MOVITZ, du bist als Malersmann
wunderbar dran:
Kriegst für die Müh,
der Hände Fleiß
und dein Genie
mich selbst als Preis!
Na, ist das nicht schön?

Welch Kunstgenuß! und Schönheit so in Masse!
Allein die Haube mit der zarten Kräuselpasse,
aus der das Haar in seiner ganzen Fülle wellt,

von einem rosa Band gebändigt, eh es fällt.
Ach, welch ein Schimmer auf den hübschen kleinen Ohren,
ein Hauch von Morgenröte, aus Rubin geboren,
der leise schaukelnd diese ziert, und dessen Glut
den Glanz der Silberspitzen überbieten tut!
Ja, diese Haube, toll! Wie hat er sie getroffen,
changierend grün und aus diversen feinen Stoffen.
Ein Seidentuch verwegen von der Schulter weht.
Sie weiß genau, daß ihr Gestreiftes glänzend steht.
Bestürzend der Smaragd an schwerer, goldner Kette,
auf Dünen, weißen, tief in seiner Lagerstätte …
Stoß an, mein Junge, Prost! Ich stelle staunend fest,
daß, was dein Auge sieht, dein Herz nicht zittern läßt,
denn solche Blicke unter solchen schwarzen Brauen
verwirren einen jeden noch so Liebeslauen.
Ach, was ein Mund! Von seinen frischen Lippen glänzt
des Lebens Frühling, der hier doppelt heiter lenzt …

Wem schenkten schon die Götter so gesunde Wangen?
Die Leuchtkraft deiner Farben wird verdammt nicht langen,
sie darzustell'n, auch deine Fähigkeit versagt –
weil dies Naturwerk jedes Kunstwerk überragt!
Versuch nur mal den Blick des Auges zu fixieren!
Du magst probieren, MOVITZ, plieren und lasieren –
nicht möglich! Oder? Mann, ist deine Hand gelähmt? …
Ihr Rock – geschlitzt! Oho! Wie reizend unverschämt! …
Mal weiter! Prost, Frau BERGSTRÖM! Ich sag's ohne
Schminke:
Ein Gott führt seine Hand. Er malt – ich aber trinke.

Madam!
Sitz jetzt still! Bleib so sitzen!
Bon! und nun einen süßen Blick!
Auch den Mund einen Tick
charmanter … Etwas spitzen!

Madam,
soll mein Bild deinen Liebreiz besitzen,
mußt du mich irgendwie unterstützen …
Die Brüste! … Joi! wie stramm …
Ich komm' ins Schwitzen …
Die ich hier rundrum abgemalt –
mon dieu! sie zahlt
das Honorar
in Trug und Schein
und nicht in bar …
Das Bild rahmt ein.
Schluß damit, gottdamm!

Halt, MOVITZ! Pröstchen! Bleib! … Er wandelt wie besoffen.
Will er ins Wasser? Wollen es nicht hoffen …
Halt, MOVITZ, halt, min Söhn! laß lindern doch dein Weh!
Verzichte! Danke! Aus! Ich gehe in den See
mit meinem Pinsel …

Epistel Nr. 75

**an Vadder MOVITZ, seinen Rivalen,
zu CAJSA LISAS Geburtstag**

Achtung! Freunde und Passanten,
blasen hört jetzt den bekannten
Meistermusikanten
auf dem Wimmerstock.

Seine flache Molle
verhüllt ein Fetzen Wolle
und ein dünner Sacktuchrock.
Grimmig starrt er in die Noten.
Doch was wird uns dargeboten?
Kunst! von einem fast Halbtoten.
Un poco lento!
Mund und Finger bringen
starres Holz zum Klingen …
Blas! verliebter Bock!

CAJSA LISA, süßes Wesen,
starr nicht hilflos nach dem Besen!
Laß sein Herz genesen!
Lausche! lächle, Kind!
Horch nur! welche frohe
Verkündung der Oboe
Bruder MOVITZ abgewinnt.
Deiner Existenz zum Preise
hat er die Geburtstagsweise
ausgebrütet wie ne Meise.
A tempo giusto!
Alter, rühr die Scheren,
LISA zu verehren,
blas! Die Zeit verrinnt.

MOVITZ, leiser musizieren!
Will ihr auch noch gratulieren,
Schönheit attestieren!
Wozu bin ich hier?

Gott! mir fehl'n die Worte …
Prost, LISA! … Kerl, blas *forte!*
VENUS bricht das Herz mir schier.
Träne kommt auch ihm geflossen,
beide stehn wie angegossen

wir und heulen Rotz und Schloßen …
Du Schaf: *Piano!* …
Nur ein armes Flippen
kommt uns von den Lippen,
und so stammeln wir:

Mögest du Geschenke kriegen,
wie sie dir am Herzen liegen,
jede Art Vergnügen,
CAJSA, und dazu
Kerls, die dir gehören
und Väter für die Gören
und ne dicke goldne Kuh.
Pumpe nie! vor allen Dingen.
Laß dir lieber Flöhe bringen.
Springen, LISA, laß sie springen! …
Un poco forte!
MOVITZ, uns laß Nasses käufen
und die Liebesnot ersäufen,
beide, ich und du.

Epistel Nr. 76

gedichtet für die WISMAR-WIRTIN, JERGEN PUCKEL betreffend, als der aus dem Tanzsaal geprügelt wurde

Kuck! JEAN JERGEN, balzt wie ein Töffel.
Auge verpflastert, die Lippen geschwoll'n,
Haar hängt ihm strähnig über die Löffel.
Chef de maison, sagt er, *please,* noch zwei Moll'n!
Not Waterbeer, Strongbeer, verstanden, *compris?*
Eins für Fräulein und eins *for me.*
Maintenant ici!
Wohlgemerkt! Und bringen
Sie uns das bitte *to table, merci!*

Einen Blechkamm trägt er im Nacken,
streng nach der Mode. Kiek an! wie der blitzt.
Stampft er beim Tanzen auf mit dem Hacken,
wackelt sein Hut, der voll Glasperlen sitzt.
Die Deern setzt ihm einfach das Glas an den Hals.
Trink! sagt sie, werd König des Balls!
JERGEN schmilzt wie Schmalz.
Bon merci, my angel!
Kleinen Moment! *Many thanks* jedenfalls.

An der Theke sieht man ihn tanken.
Dann schiebt er los wie die Wildsau im Strauch.
Hopst und verbiegt sich und schlenkert die Pranken,
Satan im Rücken und Wollust im Bauch,
fällt fast auf die Fresse … Mensch, sieh dich doch vor! …
What's the matter, please? – Tempo, *much more!*
Noch einmal, *encore!*
Bon merci, gestatten!
Mehr mit Gefiehl! *Have you merde* im Ohr?

Still jetzt, Kerl! verwirr nicht den Geiger! …
Damengesang … Halt doch endlich das Maul!
Steht der doch plötzlich still wie ein Zeiger,
mitten im Drehn! schußt dann los wie ein Gaul
und schleift eine Weile das Holz vom Parkett.
Where, schreit plötzlich er, *where's my* Bukett?
Encore Menuett!
Bon merci! Noch einmal!
And with permission das klein Flageolett!

Wirtin, schau ihn an, diesen Itze*)!
Schau ihn dir an und kuck gleich wieder weg!
Hemde baumelt ihm vorn aus dem Schlitze
und seine Hose: ein einziger Fleck! …
Macht Beine dem Spucht! Haut den Knilch aus dem Frack! …
Lord! Parbleu! Jisas Kreist! *Quel attaque!* …
Marsch! *Go home,* du Sack! …
Schweinerei! *You rabble!*
Lumpenvolk! *Go to the hell, damned* Pack!

*) Itze: rotwelsch = Stromer

Epistel Nr. 77

betrifft das Fräulein SOPHIA aus der LUCHSKATZE und ein Ereignis am Rande

Abendrot spiegeln noch Wässer und Strände,
Sterne rings versilbern schon Zuber und Stein.
Unten am Strand ist ein Waschtag zu Ende …
Feierabend! Kinder, ich lade euch ein.
Seht, wie die LUCHSKATZE lockend erstrahlt!
winkt mit dem knäternden Schild vor der Laube.
Schick ist die Wirtin bestückt und bemalt,
Goldflitterband um die Haube.

Sitzt da ein Schiffer mit schwarzer Perücke,
Dreispitz tief im Nacken, so dreist wie gewitzt.
Leute, auf den hält das Glück große Stücke,
ob er würfelt oder vorm Damebrett sitzt.
Er ist der unwiderstehliche Balg,
welcher zu Fall brachte zwölfmal SOPHIA
in der Kajüte der ankernden Tjalk,
die da heißt JUNGFRAU MARIA.

Prost! alter FREDMAN, so netz deine Asche!
Skål! Auf meine Rechnung, ihr Schönen. Zum Wohl!
Juckt's euch nach dem da, dem Kerl bei der Flasche?
Der … Das ist ein Käptn, ein scharfer Spaniol.
Winkt der und zwinkert in Blickrichtung Kai,

klopft er ans Fenster – ich freß eine Boje!
fliegen ihm mindestens zwei oder drei
Vögel wie ihr in die Koje.

Das ist sein Schiff dort, mit flatternden Wimpeln.
Seht die rote Fahne sich bauschen im Heck,
Kähne darum, die an Bootspfählen dümpeln
und an seiner Kette den Bären an Deck!
Mondlicht beträufelt mit silbernem Lack
Reling und Trossen samt Spieren und Ringen,
und aus dem Schatten der dämmrigen Back
hört man die Bierfiedel klingen.

Kiek mal! wie Taue und Takelzeug schwanken!
Wie der Hauptmast knarrend im Winde sich krümmt!
Joi! und die Mannschaft liegt blau auf den Planken,
wo auch in der Kotze der Ladeschein schwimmt …
He, Bruder MOLLBERG, hier, lins mal durchs Rohr!
Spitz die Pupille! Was sehn deine Trüffeln?
Das ist der Graukopp vom Seezollkontor,
GRIP, der Halunke, beim Schnüffeln!

Skål, meine frischfrommen, braven Kumpane! …
Siehe! Vater BACCHUS, ich stemme mit Fleiß.
Stuhl dreht sich, Decke – *perdue* die Membrane,
Seh- und Stehvermögen im Eimer – ich weiß …
Dennoch! dies scheint mir Gewinnes genug,
eisern die rostige Röhre zu fegen.
Fragte mich einer: Was ist das für Schluck?
müßte ich schwer überlegen.

Kuck, wie er raspelt, der Schiffer, der spacke*)!
Wie das Krummbein angibt, das saudumme Oos!

*) Spack: niederdt. = dürr, mager

Kniestrümpfe trägt er, noch gelber als Kacke,
dazu Schnallenschuhe, drei Nummern zu groß …
Wie wär's mit uns, SOPHI, du hast Format,
schlunzig und schmuddelig – spielt keine Rolle! –
leck wie gewöhnlich vom letzten Passat.
Nimmst du mich mit in die Molle?

Himmel! Der Kahnschiffer kommt, *madre mia!*
Fuchtelt mit dem Degen – es gibt kein Entfliehn!
greift sich ein Stuhlbein – zu Hilfe, SOPHIA!
Walkt mir – Himmel, jessas! – den Bast gelb und grün …
Gnade, Sir! … Schnauze! *God damn you,* du Vieh! …
Nie mehr, SOPHIA, versteigt sich mein Trachten.
Niemals wird FREDMAN in deinem Etui
– auch nur im Traum – übernachten.

Epistel Nr. 78

welche von einem Ständchen berichtet, dargebracht dem DIDRIK AKERBLOM, zu dessen Namenstag anno 1780 vor dem Wirtshaus AMSTERDAM in der GROSSEN HAUFENGASSE

Die Nacht war um, der Wächter daheim,
der Morgen noch ein rosiger Keim,
da stand Herr BERG schon, die Schnute am Rohr,
vorm Pintentor.

Kaum gab die letzte Ölfunzel auf,
drang Baßgebrumm die Gasse herauf –:
Das klang zusammen wie Kappes mit Schumm.
Ich fiel gleich um.
Auch Stänker LÖFBERG, Zollveteran,
und Virtuose auf dem Dulzian,
spendierte dem Kneiper ein Notengericht
und furzte es ihm ins Gesicht.
Wirt AKERBLOM, das geizige Stück,
spieh wütend Gift und Galle zurück:
Verpißt euch gefälligst! Dann schmiß der Filou
die Türe zu.

Die Katz' war längst zurück von der Tour,
der erste Frühwind stieß mit Bravour
den Rauch von AKERBLOMS Schlot übers Dach.
Madam war wach.
Und unten, auf dem Holländerpott,
war offensichtlich auch schon wer flott:
Ein blanker Achtern hing über dem Boot
im Morgenrot.
Ein Nebel zart umwallte den Kahn,
aus naher Ferne krähte ein Hahn;
schon kam eine hungrige Möve zu Gast
und kreiste um Klüver und Mast …
Herr BERG gewaltsam, grün jetzt vor Grimm,
stieß vor zum Spunde, pfiff auf Benimm
und kippte zwei Pötte. Die Uhr schlug dabei
genau halb drei!

Danach Herr BERG, wie'n zorniger Mahr,
nur Schmutz auf der Oboe gebar,
verqueren Unsinn, gemeinen Radau –
denn er war blau.
Trotz doch gewisser Intelligenz

und Qualität das Blasinstruments,
kam sein Gebläse, schien's, diesmal wohl mehr
woanders her.
Der Herr am Baß, beim vorletzten Satz,
schlug AKERBLOM den Bogen vorn Latz
und brüllte frenetisch: Man halte mich fest!
Ich dreh dem den Hals vom Podest!
Auch LÖFBERG, er verfluchte kotzbleich
sich selbst und seine Lure zugleich
und stürmte, wobei er dieselbe zerschlug,
zum nächsten Krug.

Jedoch Madam – wär die nicht gewest!
Dies Herzblatt, diese Taube im Nest,
die Kaupelfee mit dem feinen Gespür:
Sie brachte Bier
und da's der Tag SANKT DIDERIKS war,
den Schnaps dazu – auf eigne Gefahr.
Wir machten Knickmann und streiften dabei
die Sakristei.
Wir tranken lange dann auf ihr Wohl
mit *skål* und *skål* und noch einem *skål;*
wir sangen, wir strichen und blusen ihr was,
Oboe, Fagott und der Baß …
Wenngleich der Wirt auch ein Schubiak ist,
der andere filzt und selber gern frißt –:
Madam bleibt Madam, bleibt die Rose am Stamm
von AMSTERDAM.

Epistel Nr. 79

oder Abschied von den reiferen Damen, insonderheit von Mamma MAJA MYRA in SOLGRÄNDEN nahe dem GROSSEN MARKT, gesungen anno 1785

CHARON bläst mir die Stunde,
horch! wie die Stürme wimmern.
Mein Kahn geht vor die Hunde.
Bald erlischt mein Docht.
Fort ist der Mond, der runde,
nur ein paar Sterne glimmern.
Dicht vor mir der profunde
Todesabgrund kocht …
Gleich hört mein Herz auf zu schlagen.
Gleich hat mich CHARON am Kragen.
Hin sind die Masten.
Ab säuft der Kasten.
Da – ungelogen –
kommt schon gezogen
kohlschwarz die Leichengondel auf der wüsten Flut
mit Rauch und Sud/
mit Rauch und Sud.
Mir stockt das Blut.

Wirtsfraun, verehrte, rasche,
stärkt mich zum letzten Male!
denn zu der Väter Asche
hat man mich bestellt.
Füllt mir kein Aas die Tasche,
wenn ich nicht gleich bezahle,
gibt mir kein Wirt ne Flasche
ohne bares Geld …
Mamma, streich aus die drei Öre
für ein Stück Brot und ne Möhre,
Käse samt Schimmel,

Kruste und Kümmel,
dito den Dreier
für die zwei Eier
und die drei Pellkartoffeln, die ich eben aß
und fast vergaß/
und fast vergaß.
Ein teurer Spaß!

Schreib jetzt mein Testament hin,
setze es auf beim Glase …
Hier, komm! nimm mein Patent hin,
Mamma MAJA, lies –:
Stirb, Welt, du Schaumregentin,
fort! eitle Seifenblase.
Zum klaren Firmament hin,
Seele dich ergieß!
Doch da den Bierkrug ich schwenke,
himmlisch erscheint mir die Schenke.

Schäumen die Säfte,
schwellen die Kräfte,
platscht mir die Gose
auch auf die Hose.
Prost! Alte, so ein Tropfen, ach, der spendet Trost,
ist man bemoost/
ist man bemoost.
Prost, CHARON! Prost!

Schon ist mein Mumm hinüber.
Tränen des Jammers rinnen.
Schon sinkt mein Kopf vornüber
und die Stirn aufs Glas.

Sehe im Säuferfieber
funkeln die alten Plünnen,
wie mit Lamé und Biber
ich sie einst besaß.

Sieh dir doch an deine Klotten!
Nichts als ein Fraß für die Motten –:
Fetzen die Weste,
Lappen und Reste,
Strümpfe von Wollen,
Löcher wie Bollen
und dieses teure Hemdchen, Seide mit Plissee,
das trug mal eh/
das trug mal eh
die Beckmanfee*).

Steh nun in CHARONS Nachen.
Hart knirscht die Ruderpinne.
Spanten und Bordwand krachen –
Schatten … Spuk … Gebein …
Höre ich CHARON lachen,
schwinden mir schier die Sinne.
Hölle, dies ist dein Rachen,
und ich muß hinein –:
Rasende Wolken und Blitze,
Nordlichter, Hagel und Hitze!
Sternbilder schwingen.
Monde zerspringen,
schmelzen zu Schlacken.
Ufer versacken.
Stockfinstre Nacht umgibt mich. Ewig, nackt und klamm,
steh ich im Schlamm/
steh ich im Schlamm.
Gut' Nacht, Madam!

*) Die Beckman, stadtbekannte Puffmutter

Epistel Nr. 80

betrifft ULLA WINBLADS Landpartie mit MOLLBERG (Vorweg zur Erklärung, daß die Pointe nicht verpufft: Der „Tallstrünt“ ist ein junger Tannensproß, der zum Würzen des Bieres in die Kanne gehängt wurde)

Der Schäferin gleich, die sanft-beglückt
am Wasser, im grünen Grund,
sich festlich zu schmücken, Blumen pflückt,
mit Perlen betaut und bunt
und lächelnd, selbstvergessen so ganz,
flicht all ihr Sehnen mit in den Kranz
und seufzend dabei innehält
und wünscht, daß sie allen gefällt –:

So hatte sich ULLA feingemacht
mit Flieder und weißem Klee.
Als Schöne vom Land in Schäferintracht
mit Mollberg sie fuhr zum See.
Und Frühling war's, ein Sonntag im Mai.
Die Fahrt ging flott am Zollhaus vorbei
nach FÖRSTA TORPET wieder mal,
wo's Krebse gibt, Branntwein und Aal.

Ein Fähnchen trug sie, nicht allzu schick,
auch Stöckelschuh diesmal nicht.
Solide frisiert, den Puder nicht dick,

die Süße erstaunlich schlicht.
Ein kunterbuntes Halstuch allein
ihr wehte keß im Wind hinterdrein –:
der Bauernschönheit Inbegriff,
betörend nicht, aber mit Pfiff!

Ihr kennt jenen krummen Heckenweg?
Den zuckelten sie hinab,
hopphopp! über Delle, Stengel und Steg,
hehe! und fast nur im Trab…
Vorbei an Kate, Föhre und Farn,
an Federvieh und klappernden Karr'n,
kam ULLA in das Dorf geschneit.
Der Wirt hatte Tannreis gestreut.

Und als sie von MOLLBERGS Wagen sprang,
gab's Mittagsgeläut vom Turm
und Donner und Blitz zu ihrem Empfang.
Dann krähte der Haushahn Sturm.
So zog man ein, nahm Platz im Lokal;
die Schwalben fegten längs durch den Saal…
Das Tannbier schmeckte ganz famos,
und bald war der Teufel dort los.

Herr MOLLBERG vom Stuhl sank, blau vom Schluck.
Auch ULLA war schwer in Schumm.
Sie riß mit dem Arm, voll klinkerndem Schmuck,
die Kanne mit Tannbier um.

Der Tallstrünt flog wie'n himmlischer Pinn
in ULLAS Schoß – schon riß es sie hin …
Die Wirtin rief zwar nicht hurra,
doch ließ sie geschehn, was geschah.

Der Gaul durch die Luke sah's mit an.
Die Mähne er stellte steil,
gedachte der Lieblingsstute sodann
und wollte nun auch sein Teil.
Er riß sich los und jagte mitsamt
der Chaise durch die Gegend – verdammt!
gab so der Kutsche glatt den Rest.
Da schliefen die beiden schon fest.

Epistel Nr. 81

an den Krakeeler LÖFBERG im Nachlaß zu DANTOBOMMEN; am Grabe gedichtet

Sieh unsern Schatten! bald schwindet er hin.
MOVITZ, wie schnell wird es finster!
Samt wird zum Lappen, das Goldmuster drin,
Zunder unterm Ginster …
Wenn erst CHARONS Boot die Kaimauer streift,

sein Kalfakter dann zur Spitzhacke greift,
streicht man uns Traube und Trester.
Deshalb, *mon frère,* auf die Grube geschleift
schnell den Grabstein der Schwester!

Dämmriger, alle versöhnender Hain,
wo unter säuselnden Linden
Abschaum und Schönheit, Erlaucht und Gemein
sich im Staube binden –:
Neid und Mißgunst finden dort nicht hinab.
Auch das Glück, das scheele, wendet sich ab.
Feinden zerbrechen die Waffen ...
Nichts hast du endlich, da unten im Grab,
mehr mit ihnen zu schaffen.

Totengeläute wallt dumpf bald, bald hell.
Kantor tritt bleich aus der Pforte.
Knabengesang – eine Spur nur zu grell ...
Ernste Bibelworte ...
Welke Rosen streift ein schwarzer Talar.
Stumm zur Grube wankt die fröstelnde Schar,
Bahre dabei und zwei Latten.
Tränen zuweilen dort, spricht der Vikar,
tropfen auf die Krawatten.

So ging zur Ruhe von Rummel und Balz
Schandschnauze LÖFBERG, die Deine.
Jene da unten – ja, reck nur den Hals! –
zog für immer Leine.
Wo einst DANTOBOMMENS Leuchtfeuer war,
deckt nun Finsternis das Krugmobiliar.
Trocken ist jetzt die Kafalle ...
Ach, war sie durstig! Ich bin es noch, klar!
Durstig sind wir ja alle.

Epistel Nr. 82
oder
unerwarteter Abschied von ULLA WINBLAD, mitgeteilt auf einem sommerlichen Frühstück im Grünen

Liebste, an dieser Quelle
ist unser Frühstück gleich zur Stelle.
Rotwein mit Pimpinelle
und Schnepfen sind der erste Gang …
ULLA, komm, laß uns trinken!
In unserm Korb die Flaschen winken.
Leer sie im Moos versinken
an diesem dufterfüllten Hang.
Dein Zaubertrank
macht uns auf alle Fälle
die Augen blank.
Liebste, an dieser Stelle
hör jetzt des Waldhorns süßen Klang/
des Waldhorns süßen Klang.

Lieblich wie auf Idyllen
im Grund der Wiese: Roß und Füllen.
Bald hört den Stier man brüllen,
bald einen Hund im Dorf wauwaun.
Gockel stelzt auf den Stiegen,
und alle Hühner möchten fliegen.
Schwalben ihr Köpfchen wiegen,
und eine Elster schwätzt im Zaun.

Stern aller Fraun!
den Kessel komm nun füllen
und Kaffee braun …
Lieblich wie auf Idyllen
ist diese Szene anzuschaun/
die Szene anzuschaun.

Herrlich, schau in die Runde!
wie jetzt das Grün vom Wiesengrunde
eben, um diese Stunde,
steht vor der dunklen Tannenwand;
wie in der Bäume Schatten
gleich Laubengängen, dämmrig satten,
Wege durch helle Matten
sich winden in das Hügelland! …
Füll bis zum Rand
dies Glas und führ's zum Munde,
mein Herzenspfand!
Herrlich, schau in die Runde!
umschlingt uns FLORAS buntes Band/
uns FLORAS buntes Band.

Sehet sich ULLA rühren,
beginnt das große Schnabulieren!
Keine kann so servieren
Olive und gekochtes Ei.
Seht sie den Löffel schwingen,
uns Rahm und Mandeltorte bringen;
sehet – vor allen Dingen –:
Ihr Busen hüpft so schön dabei!
Ein Huhn – zwei, drei –
es so geschickt tranchieren,
kann kein Lakei.

Sehet sich ULLA rühren
und schwitzen für die Schlemmerei/
für unsre Schlemmerei!

Blast jetzt, ihr Musikanten!
tobt wie die Windsbraut in den Wanten!
Tut eure Pflicht, Bacchanten,
laßt alte Tanten schrein und spein!
ULLA, prost! auf dein Feuer …
Die Hälfte, leider! schluckt die Steuer.
Kellner, der Spaß wird teuer –
schreib an und sack heut abend ein …
Dies Glas: uns zwein!
Und dies den Adoranten
der Wonnen dein!
Schmettert, ihr Musikanten,
ein Prost dem Ewig-durstig-sein/
dem Ewig-durstig-sein!

ULLA, hier unter Föhren,
mit Instrumenten und mit Chören,
sollst du es von mir hören:
Fahrwell! zum allerletzten Mal.
FREDMAN, dem rinnt die Zähre,
als wenn sein Tod beschlossen wäre.
Schon schnipselt KLOTHOS Schere
ihm einen Knopf vom Futteral …
Mein Herzgemahl,
laß kränzen dich in Ehren
zum Bacchanal!
ULLA, sei unter Föhren
Geliebte nun zum letzten Mal/
zum allerletzten Mal!

Nachwort

Wilhelm Fraenger und Carl Michael Bellman

Mit der vorliegenden Ausgabe der *Episteln* Carl Michael Bellmans in der Übertragung von Fritz Graßhoff würdigt die Wilhelm Fraenger-Gesellschaft den schwedischen Dichter im Jahr seines 200. Todestages – eine Hommage, die sicherlich ganz im Sinne Fraengers ist.

Im weitgespannten geistigen Kosmos Wilhelm Fraengers war Carl Michael Bellman einer der literarischen Fixsterne, und die Verbundenheit zu diesem Dichter, die wohl aus einer zumindest teilweise bestehenden Geistesgemeinschaft herrührte, war vielleicht noch intensiver als die Beziehung Fraengers zu dem ganz anders gearteten Clemens Brentano, dem zweiten von ihm zeitlebens so sehr geschätzten Dichter.

Fraenger, der selbst Laute, Englisch-Horn und die kleine Harfe spielte, trug gern und oft Bellmans *Episteln* vor; Manuel R. Goldschmidt überliefert die Erinnerungen Wolfgang Frommels an die zwanziger Jahre: „In seiner Heidelberger Zeit spielte er auf einer kleinen Barockharfe oder sang zur Gitarre, am liebsten des Schweden Bellmans Lieder von der schönen Ulla. Er schaute bei diesen etwas frivolen Gesängen spöttisch auf seine Zuhörer, und man merkte, daß er diese Texte gern zu Gehör brachte.“[1] Carl Zuckmayer, mit Fraenger nach dem Ersten Weltkrieg im Heidelberger Freundeskreis verbunden, schrieb über die gemeinsame Verehrung Bellmans: „Ich hatte ihn schon früher für mich entdeckt, und durch Fraenger, der seine *Gesänge* und *Episteln* meisterlich zur Laute vortrug, war er unserem Kreis vertraut und unentbehrlich geworden. Die ersten Takte seiner schönsten Melodie, 'Weile an dieser Quelle', hatten wir zu unserem Stamm-

[1] Manuel R. Goldschmidt: Wilhelm Fraenger und Wolfgang Frommel in meinen Erinnerungen. In: Der Kunsthistoriker Wilhelm Fraenger 1890-1964. Eine Sammlung von Erinnerungen, Hg. Ingeborg Baier-Fraenger, Amsterdam 1994, S. 24.

pfiff gemacht, mit dem wir uns zu jeder Tages- und Nachtzeit aus unseren Buden und noch jahrelang, wo immer wir uns trafen, auf Distanz kenntlich machen konnten."[2]

Ausdruck der gemeinsamen Begeisterung für Bellman war ein von Fraenger und Zuckmayer konzipierter Abend mit Liedern und improvisierten Szenen, der im Sommerprogramm 1920 der von Fraenger als „Gegenuniversität" gegründeten Vortragsvereinigung „Die Gemeinschaft" stattfand. Ort des Geschehens war die in der Nähe Heidelbergs gelegene Gaststätte Wolfsbrunnen. Carl Zuckmayer berichtete im Kapitel „Horen der Freundschaft" seiner Autobiographie ausführlich über die trinkfreudige Soiree: „Außer den Versen der herrlichen Bellman-Lieder, die von Laute, Harfe, Oboe, Cello, Waldhorn begleitet wurden, lernten wir keine Texte, da sie sich auf Grund gewisser festgelegter Stichworte von selbst ergaben. Sie erwuchsen auch aus dem Geist der Stunde und des Weines, denn wir hatten zu dieser Aufführung nur eine einzige, gleichzeitige Arrangier-, Lern-, Kostüm- und Generalprobe, am selben Nachmittag, bei der wir uns schon ganz tüchtig illuminierten." Auch die Spielfläche wurde ohne große Umstände geschaffen: „Wir hatten, wie Bellman in den Ausflugsorten der Stockholmer Umgebung es selbst zu tun pflegte, in der Mitte des Gastgartens eine kleine Bühne aufgebaut, mehr ein erweitertes Podium – Zimmermannsbretter, auf leere Fässer gelegt –, auf dem eine schmale Bank für Liebesszenen und ein paar Klappstühle für die Instrumentalisten standen. Zum Tanz sprangen wir dann herab und vollführten unsere Polkas und Springmenuette mitten unter dem Publikum." Der Thematik entsprechend gab es für die Akteure reichlich Alkoholisches: „Der Wirt, der uns gute Einnahmen verdankte, denn es schloß sich an solche Veranstaltungen stets ein bacchantisches Forellen- oder Krebsfest an, stellte uns zu solchen Proben Freibier und einen Liter Kirschwasser zur Verfügung. So waren wir, als mit sinkender Dämmerung die Gäste eintrafen, schon aufs beste inspiriert, auch benutzten wir

[2] Carl Zuckmayer: Als wär's ein Stück von mir. Horen der Freundschaft, Frankfurt 1966, S. 290 ff.

auf der Bühne keineswegs gefärbtes Wasser oder kalten Tee, sondern, im Stile Bellmans, nur echte Getränke." Die Folgen blieben nicht aus, wie Zuckmayers Schilderung endet: „Gegen Schluß der Vorstellung rollten Fraenger und ich in einer Dialogszene mit fingierter Prügelei von der Bühne herab und unter die umstehenden Tische – auf das Publikum wirkte das alles wie einstudiert – und zogen uns gegenseitig an den Beinen wieder hervor. Aber die Lieder, die Verse und die Musik haben wir, noch in vorgeschrittenem Stadium, künstlerisch akkurat und, um es humorlos auszudrücken, werktreu produziert."

Zuckmayer verwertete den Heidelberger Abend Jahre später, schon im Exil, zur Bühnendichtung *Bellman,* die am 17. November 1938 im Zürcher Schauspielhaus uraufgeführt wurde. In umgearbeiteter Form erschien das Stück unter dem Titel *„Ulla Winblad oder Musik und Leben des Carl Michael Bellman"* 1953 im S. Fischer-Verlag und erlebte noch im gleichen Jahr in Göttingen seine Uraufführung.[3] Nachwort und Bühnenanweisung nennen Wilhelm Fraenger als Mitschöpfer oder zumindest Inspirator nicht, doch wird deutlich, daß auch diese Fassung noch starke Impulse vom Abend im Wolfsbrunnen empfing.

Neben dieser lassen sich mindestens drei weitere von Fraenger veranlaßte Veranstaltungen zu Carl Michael Bellman dokumentieren, diese scheinen etwas „seriöser" gewesen zu sein. So etwa der Liederabend vom 26. September 1931 in Heidelberg, den Fraenger für die ehrwürdige Mannheimer Bibliophilen-Gesellschaft ausrichtete. Wegen des frühen Herbstes, so Fraenger in der Einladung, sei man gezwungen, „unsern als Gartenaufführung geplanten Bellman-Abend in einem Saale darzubieten." Dies sollte jedoch nicht von Nachteil sein, wie Fraenger fortfuhr: „Doch haben wir im altberühmten Paukboden der Hirschgasse zu Heidelberg ein Milieu gefunden, das wie kein anderes dazu vorbestimmt erscheint, den Liedern Bellmans volle Resonanz zu geben." Vermutlich im Vorwissen, daß ein Abend über Bellman nicht ohne

[3] Ders.: Ulla Winblad oder Musik und Leben des Carl Michael Bellman, Frankfurt 1953

intensives Trinken abgehen kann, wurde in der Einladung darauf hingewiesen, daß sich der Preis des gemeinsamen Abendessens in Höhe von je RM 2,50 auf das „trockene Gedeck" bezieht.

Auf dem Programm standen vier Prosastücke in der Übersetzung Felix Niedners, die 1909 im Diederichs-Verlag erschienen war, sowie zwölf Lieder aus dem Bellman-Brevier Hans von Gumppenbergs, das, „um unsere Mitglieder noch vor der Aufführung mit dem in Deutschland viel zu wenig bekannten Hauptwerk Bellmans vertraut zu machen", den Teilnehmern als „Vereinsgabe" im voraus überreicht wurde. Die Lieder wurden von Ernst Craemer (Bariton) und der Sopranistin Gertrud Rosenstock-Bender vorgetragen, begleitet von Kammermusikern aus dem Orchester des Mannheimer Nationaltheaters unter der Leitung Helmuth Schlawings, von dem auch die musikalische Bearbeitung stammte.

Ein weiterer von Fraenger angesetzter Bellman-Abend war die Hörfolge *„Ein Liederspiel um Carl Michael Bellman"*, die am 3. September 1934 vom Reichssender Berlin als eine der zahlreichen Rundfunksendungen Fraengers ausgestrahlt wurde. Am 23. Mai 1948 schließlich sollte im Rahmen der von Fraenger verantworteten Matineen im Renaissance-Theater Berlin, dem kleinen Haus des Schillertheaters, ein Bellman gewidmeter Vormittag stattfinden. Aus den erhaltenen Programmunterlagen, die unter anderem Rilkes „Ode an Bellman" anführen,[4] geht nicht hervor, ob die Veranstaltung tatsächlich durchgeführt wurde. Geplant waren auch Liedvorträge, wiederum in der Bearbeitung Helmuth Schlawings – die Noten seien jedoch, so ein Vermerk auf der Karteikarte im Fraenger-Archiv, beim RIAS verlorengegangen.

Ein letztes Mal im Schaffen Fraengers begegnet uns Bellman in der großartigen Anthologie „Humor der Nationen".[5] Die 1957 erschienene monumentale Sammlung enthält von Bellman die

[4] Cf. Dieter Bassermann: Der späte Rilke, München 1947, S. 365 f. Fraenger berief sich auf diese Quelle.

[5] Cf. Humor der Nationen. Aus fünf Jahrhunderten europäischer Dichtung. Hg. Wilhelm Fraenger, Berlin 1957. (Nachwort S. 602-609).

Episteln „An die Alte im Thermopolium Boreale“ (No. 9), die „Elegie auf eine Prügelei im Grünen Hain“ (No. 12) und natürlich „Fredmans Abschied von Ulla Weinblatt“ (No. 82), eine Auswahl also aus jenen Liedern, die Fraenger bereits 1931 den Mannheimer Bibliophilen vortragen ließ.

Die Einreihung Bellmans in die „Klassiker des europäischen Humors“ mag zunächst erstaunen, doch begründet Fraenger seine Auswahl im Nachwort einsichtig. Bellmans Werk ist, um die dortigen Kategorisierungen des Humors aufzunehmen, weder dem „kalten Hohne des Zynismus“ noch den „Clownerien des Burlesken“ zuzurechnen. Fraenger sieht zwischen den Polen der „naiven Komik des Burlesken“ und der „kritischen und aggressiven Komik“ das eigentliche Terrain des Humors, seine „Totalität“, die sich über die Narrheiten der Welt lustig macht. „Dabei nimmt sich der Humorist bei der Verlachung all der Torheit selbst nicht aus. Mit seiner eigenen Unzulänglichkeit zu gut vertraut, bezieht er sich in freier Selbstverlachung in die Gesellschaft der Verkehrten ein, und dieses Zugehörigkeitsgefühl gibt seinem Lachen die Versöhnlichkeit, sich mit den Grillen und Verschrobenheiten, dem Wahn und Irregang der Menschen, die er schildert, eins zu wissen.“

Fraenger zitiert eine Romanfigur Wilhelm Raabes: „Wohl dem, der seines Menschtums Kraft, Macht und Herrlichkeit kennt und fühlt durch alle Adern und Fibern des Leibes und der Seele! ... Wohl dem vor allem, dem der ungeheure Lobgesang der Schöpfung an keiner Stelle und zu keiner Stunde ein sinnloses oder gar widerliches Rauschen ist und der aus jeder Not und Verdunkelung die Hand aufrecken kann mit dem Schrei: Ich lebe, denn das Ganze lebt über mir und um mich!“ Die von Fraenger für dieses Zitat betonte „Seelenkraft universaler Sympathie, die über Gram und Trauer, ja den eigenen Tod sich frei erhebt“, kann auch gut für Bellman gelten, ebensosehr, was Fraenger über Rabelais schreibt, nämlich daß er „seine Proklamationen an jene trüb- und tränenseligen Gemüter richtet, die in der Erde nur ein Jammertal, im Menschenleben eine gottgewollte Leidensschule sahen und sich daher durch klösterliche Bußübungen dem „besseren Jenseits“ zu empfehlen strebten. Im Nachwort zur *Humor*-Sammlung wird Bellman nicht explizit erwähnt, aber diese Zitate verdeutlichen, wie trefflich er in den Kreis der Humoristen paßt.

Eine Kurzcharakteristik Bellmans gab Fraenger in der Einleitung seiner Rundfunk-Sendung aus dem Jahre 1934: „Man möchte ihn den Bacchus Schwedens nennen, um den sich wunderliche Kleinbürger aus Alt-Stockholm als abenteuerlich buntscheckiges Gefolge scharten. Das waren Branntweinbrenner und Flötisten, Konstabler, Tanzmeister, Hofpaukenschläger, kurzum: getränkefeste Musikanten-Käuze, auf vielen Instrumenten wohlgeübt. So widerhallt es denn in diesen Liedern von Waldhorn und Geige, Flöte und Harfenschlag. Der Dunst gegorener Getränke qualmt darin. Es wird geliebt, gelacht, gerauft, gelitten und gestorben und alldies in dem seltsamen Helldunkel einer weinverklärten und rauschverworrenen Bacchantenwelt, doch hinweg über die Ströme von Branntwein, die da flossen, segelte Bellmans heitere Phantasie nach einem sonnigen Cythera: Wenn er von Ulla Winblad, seiner Muse, sang, enthob er sich aus Rausch und Rinnstein in eine Morgenröte anakreontischer Weltseligkeit, lustwandelnd durch die stromdurchrauschte Frische, die Roggenfelder und die Ulmenhaine der Stockholmer Landschaft.“[6] Ähnlich hatte es schon in der Einladung von 1931 geheißen, wobei dort noch zwei Sätze enthalten waren, die Bellmans Wesen – und seine Einschätzung durch Fraenger – pointieren. Bellman sei „nach so manchem bürgerlichen Schiffbruch in einem Bacchus-Orden strikter Observanz gelandet“, und seine „Liederchronik Fredmans Episteln stellt die legenda aurea des Ordens dar“.[7]

Michael Philipp

[6] Wilhelm Fraenger: Carl Michael Bellman. In: ders.: Sendungsprogramme der dreißiger Jahre, Bd. 1, ungedrucktes Typoskript, S. 25; Fraenger-Archiv.

[7] Wilhelm Fraenger: Einige Worte über C. M. Bellman. In: Einladung zu dem Carl Michael Bellman-Abend der Mannheimer Bibliophilen-Gesellschaft, 26.9.1931.

Anhang

Vokabular aus Graßhoffs Quedlinburger Straße sowie weniges, was darüber hinaus geht

anken = stöhnen
APELLES = großer altgriechischer Maler (nichts erhalten)
Bärenfang titschen = ostpreußischen Likör trinken
Bakel = Stock
Banzen = Zapfhahn, Zapfen
Beiderwand = einfaches Leinen
Bienen: Ganovensprache = Läuse
Bienenseim = Honig
Biersilen: Silen, zweibeiniges Fabeltier mit menschlichem Oberkörper und Pferdeleib = Begleiter des BACCHUS
Bolle: Slang = alte Taschenuhr
Boos: rotwelsch = Gastwirt
Brägen, Bregen = Hirn
Brusche: mdal. = Beule
Bühl: südd., österr. = Hügel
der Bast juckt: volkstüml. = die Haut juckt, übermütig sein
der Titt: mdal. = Einzahl von Titten
diskerieren: mdal. Verballhornung = diskutieren
Dust: altes Deutsch und poet. = Dunst, Nebel
einen Bärenfang titschen: sächsisch = eintauchen, hier: einen Bärenfang (ostpr. Likör) trinken
Ellenreiter: Spottworte = Stoffhändler
Fähe = weibl. Fuchs
Falott: österr. = kleiner Gauner
Fikuckchen: mdal. = Albernheiten
forkeln: weidmännisch = mit Geweihen gegeneinander stoßen
Geise = Geis, Ziege
Gepliere: niederd. = Gegaffe (plieren = glotzen)
Gose = Fluß in Mitteldeutschland, Goslar an der Gose. Wasser zum Bierbrauen. Biermarke Gose
Granne(n) = oberer Teil der Ähre
Hippe = Sense
Hochzeitskarmen = Gedicht
Imme = Bienenschwarm
Jungis: Seemannsslang = Jungens
Kafalle = Bude, baufälliges Haus
kakeln = quasseln
Kaldaune: niederd., mitteld. = Kuttelfleck, Eingeweide
Kalle: jiddisch = Geliebte, Liebste
Kamisol = Mieder
kapores: jiddisch = kaputt

Karausche = Fischart
Kaschot = Gefängnis
Kaupe = Tonne (für Wasser, Jauche)
Kaupelfee: mdal. kaupeln = kuppeln, charmante Kupplerin
Kien = harzreiches Kiefernholz
Klabache: mitteld. = Bude, Hütte
Kledasche: auch Kledage, aus franz. = saloppe, aufmüpfige Kleidung
Knickmann machen: Floskel = sich ranschmeißen
Knief: plattd. = Messer
Koben = Stall, Verschlag
Krapp = dunkles Rot
Kreete: plattd. = Kröte
kregel: niederd. = fröhlich, munter, fidel
Kremser = Pferdeomnibus
Krijohl: niederd. = Gejohle, Geschrei
Kruke = Krug
Lapatte = urspr. weiche Bauchseite des Fisches, hier Weichteil
Lapatten = Weichteile, Bauchteile vom Fisch, hier: Ohren
losschussen: mdal. = losschiessen, losjagen (wie ein Gaul)
luicken = buckeln, sich kriecherisch verbeugen
Lure = altgerm. Blasinstrument
mich schuddert = mich friert, überläuft es kalt
Mummes: mdal. = Unsinn
Nopkin und Gingan = indisch-chinesisches Gewebe
Nyländer = damalige Neusiedler bei Stockholm
Pad (weg): niederd. = Pfad, Trampelpfad (Pad oder Padde = Flosse, Fuß)
PALEMON: griech. Mythologie = Hafengott, junger Kerl auf Delphin
Pandur = ungarischer Reiter, Husar
pascholl: russisch = los! marsch! hopp, hopp!
Pimperlinge: mdal. = Kleingeld
Plempe = Schleppsäbel
Plünsche = Plörre, dünne Suppe
Prachtjabot = Spitzenrüsche (schlipsartig)
Prilleken: mdal. = Krapfen, Schmalzgebäck
Püster = Gewehr, Flinte
regera och besitta: schwed. = regieren und besitzen
Rist = Fußgelenk, hier Pferdefuß Satans
Rotz und Schloßen: Floskel = größere Brocken (z. B. Hagel)
Rüster = Ulme
Satte = Schüssel (meist aus Ton)
Schapp: mdal. = Schrank
schassieren: Quedlinburg = hinlenken, jagen
schaumeln: jiddisch = vögeln, pimpern, ficken
schettrig = kotzelend aussehen
schlieren = schleifen, latschig gehen
Schlunsche = wabbliges, welkes Fleisch

Schmeck: Landstreichersprache = Schnaps
Schmer: mdal. = Schmiere
Schmerle = Fischart
Schmuggelschebecke = kleines Schiff
Schnapskurrende = Kurrendesänger (urspr. Chor armer Kinder, später Schüler, die vor Türen mit Chorälen milde Gaben ersangen)
Schnassel = Schnaps, Alkohol
Schneppe = Hütte
Schnuß: mdal. = Schnabel, Schnute, Mund
Schrape: Machwort = Geige, Fiedel
schrapen, schraben: mdal. = Kratzen (Fiedel, Geige)
Schubiak = mieser Kerl, Gauner
Schumm = Alkohol, Trunkenheit, Suff
Schute = Hut (Biedermeier)
Sire-Ponim: engl. jiddisch = Vater-, Vorfahr-, Ahnherr-Gesicht
Söte: plattd. = süßes Mädchen
Spucht: mdal. = Mensch
Stert: plattd. = Schwanz, Steiß, Hintern
Strunsche: mundartl. = abgetakeltes, liederliches Mädchen (Strunze)
Sukkade: roman. = kandierte Zitrusfrüchte
Tailacher: jiddisch = Händler
Teute = Teutone, Recke
Tjalk = kleiner Lastensegler
Tresse = Schulterstück
Tuck: mdal. = ein bißchen, kleines Stück
Wamme = Bauchspeck, Fell
Ziemer = Schlagriemen aus Ochsenpenis
Zurre = Ziehvorrichtung (am Blasebalg)